HEYNE BÜCHER

SCIENCE FICTION

Vom gleichen Autor erschienen außerdem
als Heyne-Taschenbücher

Kontakt mit Jupiter · Band 3063
Der Sternenhändler · Band 3079
Die Macht des Geistes · Band 3095
Korridore der Zeit · Band 3115
Das letzte Sternenschiff · Band 3169
Das Horn der Zeit · Band 3212
Rebellion auf Alpha Crucis · Band 3253
Universum ohne Ende · Band 3306
Jenseits der Unendlichkeit · Band 3316
Operation Chaos · Band 3329

sowie das Sachbuch

Gibt es Leben auf anderen Welten? · Band 11

POUL ANDERSON

DER AUSSENWELTLER

Science Fiction-Roman

Deutsche Erstveröffentlichung

WILHELM HEYNE VERLAG
MÜNCHEN

HEYNE-BUCH Nr. 3338
im Wilhelm Heyne Verlag, München

Titel der amerikanischen Originalausgabe
THE BYWORLDER
Deutsche Übersetzung von Fritz Steinberg

2. Auflage
Redaktion und Lektorat: Günter M. Schelwokat

Printed in Germany 1973
Umschlag: Atelier Heinrichs, München
Umschlagzeichnung: C. A. M. Thole
Gesamtherstellung: H. Mühlberger, Augsburg

ISBN 3-453-30215-X

1

Aus unerklärlichen Gründen, wie stets, hatte das Raumschiff von Sigma im Sternbild des Drachen seine Umlaufbahn verändert. Jetzt kreiste es in großer Erdnähe, gerade noch oberhalb der Atmosphäre – ein Stern, von dem Nachrichtensendungen rund um die Welt meldeten, daß er vor der Morgendämmerung aufgehen werde. In vielen Menschen mußte dies Fragen, ein wenig Hoffnung, ein wenig Angst geweckt haben; doch wahrscheinlich standen nur wenige auf, um Zeugen dieses Anblicks zu sein. Drei Jahre ohne Klärung hatten die Ehrfurcht doch etwas abstumpfen lassen.

Nicht so in We. Für die Theontologen war die Ankunft des Schiffes mehr als ein geistliches Ereignis gewesen. Sie hatten die Existenz des Schiffes formell in ihre Religion eingegliedert, und der einzige Bildschirm in We wurde größtenteils dazu benutzt, jede Nachricht darüber aufzufangen.

Einer, der die Nacht durchwacht hatte, blies auf einer großen Seemuschel, um die anderen aufzuwecken. Dieses Muhen weckte auch Skip. Er hatte auf einem Strohsack im Zimmer von Uranias zwei kleinen Jungen geschlafen. Er gähnte, murmelte ein schlaftrunkenes »Verdammt« und kletterte unter seinen Decken hervor. Adobewände sind gutes Isoliermaterial, aber die Nächte sind kalt im Nordwesten von New Mexico, und das Fenster stand offen. Er zitterte. Die Luft fühlte sich in seiner Nase trocken an und leicht süß vom Salbeibusch-Rauch.

Er schaltete die Fluors ein und war froh, daß er nicht nach Kerzen suchen mußte. Diese Gemeinde mochte an das einfache Leben glauben, aber sie war so vernünftig, zu erkennen, wie sehr die Einfachheit von bemessenem Gebrauch technischer Hilfsmittel abhing. »Ein elektrifiziertes Tibet«, hatte er sich gesagt, als er hier angekommen war.

Mit einem Schlag lag das Zimmer hell vor ihm: Handgefertigte Möbel und ein übergroßes Gottesauge, das an der weiß getünchten Wand hing. Urania war Anhängerin des Geisterkults. Aber sie oder sonst jemand hatte auch Spielzeug für die Kinder gebastelt, das auf sehr menschliche Art albern war; und dem Gottesauge gegenüber war das halbfertige Wandgemälde mit Märchengestalten, an dem Skip tagsüber malte. Die Siedlung schien nicht mehr als den üblichen Anteil an Wichtigtuern zu beherbergen. Vielleicht sogar weniger. Er war mit Wärme und Fröhlichkeit empfangen worden.

Sein Rucksack enthielt einen guten Anzug — eine hochgeschlossene Jacke und Hosen im Zeitlos-Stil. Er schleppte jedoch keine Schaftstiefel mit wulstigen Spitzen herum, nur ein zweites Paar gewöhnlicher Schuhe.

Er ging in das größere Zimmer und fand dort Sandalphon und Urania. Der Mann, großgewachsen und bärtig, war ein Anhänger des Jesus-Kults und trug daher eine feierliche schwarze Robe, von der sich ein Brustkreuz aus türkisbesetztem Silber abhob. Die schmächtige Gestalt der Frau verschwand fast in einer indianischen Decke; darunter sah Skip ein knöchellanges, perlenverziertes Kleid.

»Sei gesegnet«, begrüßte ihn Sandalphon. »Tut mir leid, daß dich der Ruf im Schlaf gestört hat.«

Ist das ein Wink? »Äh, ich hab' mir gedacht, ich komme nach«, antwortete Skip. »Aber natürlich, wenn ihr lieber keine Außenstehenden dabei haben wollt — oder wenn ihr einen braucht, der auf die Kinder aufpaßt . . .«

»Quatsch!« Urania drückte seine Hand. »Darüber brauchst du dir kein Kopfzerbrechen zu machen. Die Jungen liegen noch im Bett, wenn wir wiederkommen. Und was die Zeremonien angeht, die sind ein allgemeiner Brauch — keine kultischen Geheimnisse. Du bist willkommen.« Ihre kecken Gesichtszüge leuchteten zu einem Lächeln auf. »Sag mal, vielleicht bekehren wir dich sogar.«

Das kannst du dir abschminken, Schätzchen, dachte Skip. Er verschwand im Bad. Für das Haarekämmen brauchte er wenig Zeit. Er trug das Haar kurz, um sich Ärger zu ersparen; es ging ihm nur gerade bis über die Ohren. Oder jedenfalls blieb so der Ärger begrenzt; die braunen Locken machten nach fünf Minuten doch immer, was sie wollten. Daß er ein Individualist war, zeigten auch seine glattrasierten Wangen – obwohl sie darauf zurückzuführen waren, daß er im Alter von zweiundzwanzig einfach noch keinen Bart zustande brachte, der nicht ausgesehen hätte, als seien die Heuschrecken darin gewesen. Sonst war er von gewöhnlicher Erscheinung: mittlere Größe; ziemlich knochig, aber beweglicher als die meisten; sommersprossiges Gesicht; sommersprossige Stupsnase, große grüne Augen.

Als er aus dem Bad kam, saßen Sandalphon und Urania auf der Bank an dem Tisch aus rohen Holzbohlen in der Küche. Neben einer Teekanne und drei Tassen glomm ein Räucherstäbchen. Draußen war zu der Muschel jetzt ein Gong gekommen. Skip fragte sich, wie da die Kinder schlafen konnten. Dann dachte er, daß sie wohl an Sprechgesänge und solchen Kram zu ungewöhnlichen Stunden gewöhnt waren.

Urania legte einen Finger an ihre Lippen und bedeutete ihm mit einer Handbewegung, er solle sich setzen. Sandalphon zeichnete ein Kreuz in die Luft; sie hielt den Blick nach unten in die Tasse gerichtet. Der Tee wurde langsam und zeremoniell getrunken. Er war heiß und beißend und machte ein klein wenig schwindlig. *Da ist wahrscheinlich Pot in dem Pott,* dachte Skip.

Als sie ausgetrunken hatten, blieb Urania auf dem Weg nach draußen stehen und legte ihrem Gast ein Halsband aus verschiedenartigen Muscheln über die Schultern. Ohne Zweifel hatte jede ihre Bedeutung. Er war zuerst von dem ausgefeilten Ritual und dem Symbolismus in We überrascht gewesen. Das Dorf war erst ungefähr zehn Jahre alt. Aber die allerersten Predigten über das, was dann Theontologie geworden war, lagen ja auch kaum drei Jahrzehnte zurück. Bald war es ihm klar geworden, daß das meiste alten Überlieferungen entnommen war. »Unser Begriff von der Wirklichkeit ist großenteils ein Bauwerk unserer eigenen Gehirne«, schrieb Joswick. »Auf diese Weise hat alles, was Menschen sich je vorgestellt haben, etwas Wahres an sich; wenn es auch nur eine verzerrte Teilwahrheit ist. Das ist ein Zeichen unter vielen, das auf jenes kosmische Eins-Sein hinweist, welches wir Gott nennen. Durch Meditation über alle diese Gesichtspunkte, über herkömmliche und neue Religionen, über Mythen, Wissenschaften, Philosophie und Kunst, alles, was wir erleben und nachvollziehen können, öffnen wir unser Sein und können am Ende auf die unmittelbare Wahrnehmung des Göttlichen hoffen.«

Zu seiner Kärglichkeit, zu harter Arbeit und endlosen Glaubensübungen bot We daher ekstatische und gelegentlich orgiastische Riten. Von der modernen Welt zurückgezogen, praktizierte es doch modernsten Trockenanbau mit den neuesten, spezialgezüchteten Pflanzen; es bot kunsthandwerkliche Gegenstände an, die auf kluge Art so entworfen waren, daß sie in Großstadtläden gute Preise erzielten; und nur wenige seiner Einwohner verhielten sich unduldsam gegen irgend etwas, was die Leute draußen anstellten.

Eigentlich ein netter Haufen, dachte Skip. *Recht brav für meine Verhältnisse. Werde nicht lange bleiben, besonders wenn keins von den Mädchen mit mir hoppe-hoppe macht. Aber ich freue mich, daß ich mal hier war.*

Urania nahm ihn bei der Hand. Seine Pulszahl schnellte in die Höhe. Er war ein bißchen in sie verliebt. Natürlich war er fast immer in irgend jemanden verliebt.

Sie kamen auf die einzige, ungepflasterte Straße hinaus. Die Adobehäuser lehnten sich schwarz gegen einen immer noch dunklen Himmel, an dem die wilde Herrlichkeit kristallener Sterne und der Milchstraße funkelte. Am anderen Ende der Straße versammelten die Oberhäupter ihre Gruppen um ein großes Feuer. Laternen schwankten und glühten; sie beleuchteten Transparente, Rosenkränze, Kostüme, verzückte Haltungen – etwa tausend Erwachsene und schon etwas größere Kinder. Ihre Füße schlurften laut in der Düsterkeit umher. Ihr Atem rauchte in der Kälte.

Sandalphon ging zu denen, die als Kult-Symbol Jesus hatten. Urania führte Skip zu den drei maskierten, gefiederten Tänzern, die die Geister-Leute anführten. Ihre Tom-Toms hatten ein gedämpftes Gemurmel begonnen.

Auf dem Weg sah er die verschiedenen Gewandungen jener, die Gott in Brahma, Amida Butsu, im Schlangengott und im Orakel suchten. Flöte, Lyra und gregorianischer Gesang vermischten sich zu einer Musik, die irgendwie ein harmonisches Ganzes blieb.

Die Laternen wurden gelöscht. In sieben Prozessionsreihen, zuletzt die der Gottgläubigen ohne Symbol, betraten die Dorfbewohner langsam den Pfad zum Gipfel des Nason-Berges.

Der Mond war untergegangen, aber das Sternenlicht gestattete einen grauweißen Ausblick auf bebaute Felder, die schräg zu einem pappelgesäumten Fluß abfielen. Und auf Salbeibüsche, Findlingsblöcke, einen hakenschlagenden Hasen, eine geisterhaft dahinstreichende Eule, majestätische Berge. Skip fühlte, wie Erhabenheit in sein unehrerbietiges Herz einzog. Die Nacht war so ungeheuer groß und heilig.

Eine Klettertour von einer halben Stunde brachte sie auf den Gipfel. Hier stand der Altarblock mit der Aufschrift »Dem unbekannten Gott«. Die Leute aus We stellten sich dahinter auf, blickten nach Westen und waren still.

Das Weltraumfahrzeug stieg über den Horizont, und ein langes, leises »O-o-oh!« war zu hören.

Skip hatte den Anblick schon oft erlebt. Das Schiff war schon früher ähnlich erdnah gewesen. Für ihn war es ein endloses Wunder und eine Freude, daß Wesen jenseits des Himmels den Abgrund mit Leben erfüllt und einen Sendboten hergeschickt hatten — innerhalb seiner Lebensspanne. Gewiß war dieser Botschafter so fremd, daß drei Jahre voll angestrengter Verständigungsversuche in den besten Gehirnen der Menschheit nur wachsende Verwirrung gestiftet hatten. Doch für ihn war auch das erregend, eine Herausforderung; eines Tages vielleicht sogar eine Chance für ihn.

In dieser Stunde vor der Morgendämmerung stand er unter den Menschen, die sich an den Glauben gewöhnt hatten, daß der Reisende von Sigma Draconis eine unmittelbare Erscheinungsform Gottes sein mußte; und die Kälte der Bergnacht lief ihm den Rücken herunter.

Der zwinkernde Lichtpunkt stieg inmitten der Sternbilder rasch höher. Skip wußte nicht recht, ob er daneben die Begleitkapsel sah. Einige Fernglaslinsen schimmerten schwach am Rand seines Blickfeldes. Aber er getraute sich nicht, um eines zu bitten. Diese Leute blickten zu einer Fleischwerdung ihres Höchsten hinauf.

»Heil . . . Ave . . . Om mani padme hum . . . Die Sprechgesänge, die Tänze, das Knien und das Niederwerfen begannen. Es war immer noch im Gang, nachdem das Schiff im fahl werdenden östlichen Himmel verschwunden war.

Kult für Kult fand die Anbetung ein Ende. Locker durcheinandergemischt bummelte die Dorfgemeinschaft ihrem Frühstück zu. Einige schwatzten miteinander, andere gingen still vor sich hin. Der Osten wurde weiß; das Land erwachte zum Licht.

Skip begleitete wieder Urania. »Wo ist denn Sandalphon?« fragte er.

Sie klapperte mit ihren langen Wimpern. Ein Windstoß bewegte Haare, die nicht in ihre dicken Zöpfe eingeflochten waren. »Hast du das nicht gewußt? Entschuldige. Er und ich müssen beide gedacht haben, daß gerade der andere es dir gesagt hat. Er zieht sich für einen Monat aus der Welt zurück und hat entschieden, daß diese Nacht der richtige Anfang ist.«

So verloren lag We in der Landschaft da, daß Skip lachen mußte. »Als Super-Einsiedler aus dieser Einsiedelei weg?«

Auch sie lächelte. Außerhalb ihrer Andachten (und zum großen Teil auch während der Andachten) war sie eine gelassene, unverkrampfte junge Frau. Keine Namensänderung nach der Aufnahme in das Kiva der Geister konnte die kleine Mary Peterson ummodeln, die sich einst in Chicago unglücklich gefühlt hatte. »Es muß alle möglichen Leute geben, hm? Zum Beispiel dich. Ich bin neugierig auf dich, vielleicht mehr als du auf mich.«

Er zuckte die Achseln. »Du kennst das Amtliche über mich. Da ist nicht viel dran.«

Im ersten Stadium des Kennenlernens, als sie ihn danach gefragt hatte, war seine Antwort gewesen: »Thomas John Wayburn, seit je Skip genannt; ich weiß nicht, warum. Geboren und aufgewachsen in Berkeley, Kalifornien, zufriedene Mittelklasse, Vater Elektronik-Ingenieur, Mutter Computer-Programmiererin. Bruder und Schwester sind Hugos geblieben. Von denen ist keiner allzu hoch erfreut darüber, daß sie einen Sigarun in der Familie haben, aber verfeindet sind wir auch nicht. Ab und zu treffe ich sie.«

»Ein . . . was?«

»Ein Hugo. Standhafter Steuerzahler-Typ . . . Oh. Du meinst Sigarun? Ja, das ist wahrscheinlich ein ziemlich neuer Ausdruck. Ein Herumtreiber.« Und hastig hinterher: »Kein

Schnorrer. Das ist uns zu schäbig. Na ja, so etwas wie eine Bruderschaft gibt es nicht. Wir denken nur irgendwie gleich, leben auf die gleiche Art und tun uns zusammen, wenn wir uns treffen. Wir betteln nicht, ergaunern uns nichts mit Drohungen, und klauen tun wir auch nicht. Wer das macht, stellt schnell fest, daß die anderen nichts mehr mit ihm zu tun haben wollen — schon, um ihren eigenen guten Namen zu schützen. Wir sind Wanderarbeiter, weißt du. Wir sind davon abhängig, daß man uns vertraut.«

»Von denen habe ich natürlich schon gehört. Aber was du sagst, hört sich an, als ob es viel mehr geworden sind, seit ich hier bin. Bekommen sie denn wirklich Arbeit?«

»Und ob! Klar, heutzutage erledigen Maschinen die meiste Ernte- und Fabrikarbeit. Aber du würdest staunen, welche Nachfrage nach Leuten besteht, die dies und das erledigen; persönliche Dienste; Unterhaltung, die nicht aus einer Röhre kommt. Und wir sind keine Idioten. Manche von uns waren auf der Uni. Mir haben sie ein Stipendium angeboten. Aber ich wollte mich nicht festnageln lassen, jedenfalls nicht, bis ich mal so'n bißchen was von allem gekostet habe. Also habe ich mich auf die Socken gemacht. Wenn du willst, daß ich das Zimmer dekoriere, von dem wir gesprochen haben — also, ich bin ein ganz guter Zimmermann, Mechaniker und Gärtner. Und ich habe Lieder und Geschichten auf Lager.«

Sie hatte gedankenvoll genickt; ihr Blick war von fern hergekommen, als sie sich an das erinnerte, was sie verlassen hatte. »Ich verstehe«, murmelte sie. »Die moderne Materialproduktivität ermöglicht es fast jeder Personengruppe, in ihrem Stil zu leben.«

»Es schwimmt wirklich eine Menge Geld herum. Ich habe mein Recht auf Arbeitslosenunterstützung noch nicht in Anspruch nehmen müssen. Das ist allerdings eine verbreitete Methode — arbeite genau ein halbes Jahr als Straßenreiniger oder sowas, dann kommst du die nächsten sechs Monate ohne Arbeit über die Runden, wenn du nicht zu hohe Ansprüche stellst.«

»Bitte versteh das richtig — diese Gemeinde verachtet Computer und Maschinen nicht. Ohne sie — ohne Einkommensgarantie, ohne den niedrigen Preis für die meisten

Grundbedürfnisse, ohne billige und vielseitige Kraftwerkzeuge, ohne alles, was die Technologie ermöglicht — hätten wir nach meiner Überzeugung hier nicht anfangen können.« Sie hatte um sich her auf We gezeigt.

Jetzt fragte sie: »Bist du wirklich aus keinem anderen Grund hergekommen, als um zu sehen, wie es hier wirklich ist?«

»Das habe ich dir doch gleich gesagt, Urania«, antwortete er. »Ich bin einer, der von Subkultur zu Subkultur zieht. Die Subkulturen schießen wie Pilze aus dem Boden.« Er runzelte die Stirn. »Sind auch Giftpilze dabei. Aber eine Menge gute, saubere Pilze, so wie hier.«

Sie kicherte. »Was für ein Kompliment! Mich einen Pilz zu nennen.«

»Ach, äh . . .« Er wurde vor Verwirrung rot.

Sie nahm seinen Arm und drückte ihn gegen ihre Seite. »Sei doch nicht so empfindlich. Ich möchte dich besser kennenlernen. Viel besser. Darum hat ja Sandalphon beschlossen, schon so bald zu gehen.«

Er stutzte. Sein Herz machte einen Sprung. »Du . . . du meinst . . .?«

»Ja, ich meine«, sagte sie geradeheraus. »Wir haben hier keine förmlichen Ehen. Das gibt zu viele Verwicklungen, Eifersucht, ein Dutzend verschiedene Ablenkungen von den geistigen Dingen. Aber Keuschheit ist noch schlimmer, nicht wahr?«

Sie küßten sich. Die Sonne stieg blendend hell über einen hohen Berggipfel. Eine Lerche trillerte. Einige Leute aus We riefen ihnen freundliche Ermunterungen zu.

Nach einer Weile trat Urania zurück; sie war über und über rot und atmete schwer. »Das ist wohl noch etwas, was du gut kannst, mein Junge«, sagte sie.

»Du auch.« In Wirklichkeit war sie, mit manchen anderen verglichen, ein bißchen naiv. Wie viele schon, seit er vierzehn gewesen war? Aber vielleicht fühlte sie in der Öffentlichkeit eine gewisse Scheu, und irgendwie kam es auch nicht darauf an. Er war wieder eine Weile verliebt und hatte eine Arbeit, die ihm Spaß machte. Und obwohl die Schatten lang und blau waren, hatte sich die Luft bereits genügend erwärmt, um ihm den süßen Duft von Salbei zuzutragen.

Sie gingen weiter hinunter – Hand in Hand, aber schneller als vorher. Sie tanzten und lachten.

Als sie bei Uranias Haus ankamen, mußte sie erst ihre Jungen für die Schule vorbereiten. We ging jedem Ärger mit den staatlichen Schulbehörden dadurch aus dem Weg, daß es sich für die verlangten Schulfächer eigene, voll examinierte Lehrer hielt. Es blieb immer noch reichlich Zeit für die Theontologie.

Urania flüsterte, daß sie es so eingerichtet habe, heute von der gemeinschaftlichen Arbeit freizukommen. Er brauche also nicht ungeduldig zu sein. Nebenbei käme das Frühstück gerade recht!

»Ich wollte das Raumschiff auch sehen!« sagte Micah.

Seine Mutter wuschelte ihm das Haar durcheinander. »Das war zu früh für dich, Liebes. Es sieht aus wie jeder andere künstliche Satellit.«

Auf seinem Gesicht zeigten sich die Anzeichen eines tränenreichen Proteststurms. »Ich will aber!«

»Das ist nicht richtig von dir. Du wendest dich innerlich von Gott ab.«

»A-a-ach, er ist doch erst sechs«, sagte Skip. »Mike, meine ich, nicht Gott. Am Sonnabend kannst du's, glaube ich, auch noch sehen, Genosse, wenn's dann noch da ist. Einverstanden? Jetzt kommt, ihr Helden – wascht euch und zieht euch an, und wenn die Eierkuchen in der Pfanne sind, erzähl' ich euch eine Geschichte.«

»Eine mit einem Ballon, der sich verirrt hat!« verlangte Joel sofort, denn Skip machte ihn immer zum Helden seiner Ballon-Geschichten.

»Eine Geschichte über den Planeten Willoughby«, sagte Micah aus ähnlichen Gründen.

»Für beides haben wir keine Zeit«, stellte Skip fest. »Ich erzähle euch von einem Drachen.«

Während sie herumplanschten und durcheinanderschrien und mehr oder minder präsentabel wurden, saß er am Küchentisch. Seine Aufmerksamkeit galt halb Urania, die sich sinnlicher als bisher in der Küche umherbewegte, und halb dem Skizzenblock, auf dem er beim Erzählen immer zeichnete. *Ein Drache . . . was passiert mit dem Drachen?* Er zeichnete ihn dickbauchig und selbstgefällig, so selbstgefällig, daß er ihm einen Heiligenschein verlieh, der über seinem Kopf schwebte. *Ein außerordentlich frommer Drache.* Eine Bibel, die das Vieh mit der rechten Vorderpfote an sich drückte. *Warum nicht gleich einen heiligen Drachen? Nein — lieber nicht! Verdirbt ihr vielleicht die Stimmung.* Er verwandelte die Bibel in ein Notenblatt. In den Kreis, der einen Heiligenschein dargestellt hatte, schrieb er *O sole mio.* Und es wurde die Geschichte von Philibert Pheuerdrach, der auf einer Konzertbühne singen wollte, sie aber immer wieder in Flammen setzte, bis zwei pfiffige Jungen namens Joel und Micah auf die Idee kamen, vor seiner feuerspeienden Schnauze einen Feuertrichter aufzubauen. Von dem Trichter führte ein Rohr zu einem Kachelofen, in dem für den Drachen gleich das Mittagessen gekocht werden konnte.

Beim Erzählen fand Skip kaum Gelegenheit, etwas zu essen, bis die Halbbrüder hinausgetobt waren.

Er langte nach Urania. Sie wich aus. »Geh mir nicht an die saubere Wäsche!« sagte sie fröhlich. »Erst verleibst du dir mal ein anständiges Essen ein. Wir haben ja den ganzen Tag und noch die Nacht.«

Sie hatte den Kindern gesagt, sie sollten bis zum nächsten Morgen woanders bleiben. Solche Gefälligkeiten wurden hier ohne Aufhebens ausgetauscht. Es hatte seine Vorteile, daß der Grundsatz der Kleinfamilie über Bord geworfen worden war, dachte Skip; obwohl er wußte, daß er diese Zusammengehörigkeit eines Tages erstickend finden würde.

Sie ging daran, für ihn zu kochen. Er trank in kleinen Schlucken seinen Kaffee. Sonnenlicht strömte durch das offene Fenster, sickerte in die zartgetönten Erdwände, glühte auf einem grelleren Muster. Ein Duft stieg von dem Herd auf. Er gestand sich ein, daß sie recht hatte; sein Bauch grollte. Davon abgesehen, hatte das Gehen ihn gekräftigt. Er fühlte sich gigantisch vor Glück.

»Da hast du ja ein ziemliches Garn gesponnen«, sagte Urania. Daß du das so spontan erfinden kannst! Du wirst ihnen fehlen, wenn du gehst.«

»Ach, das ist doch nichts Besonderes«, sagte er mit einem Anflug von Unbehagen.

Das ernüchterte sie. Sie blickte nicht in seine Richtung

und beschäftigte sich. »Mir wirst du auch fehlen«, sagte sie leise. »Könntest du nicht bleiben?«

»Ich passe nicht her. Ich bin kein religiöser Typ.«

»Im Herzen ist jeder ein religiöser Typ. Darum geht die Gesellschaft ja in Stücke ... Ja, das tut sie. Der Normalbürger wird immer hektischer, er jagt Vergnügungen, Neuigkeiten und spannender Unterhaltung nach – allem, das ihm hilft, die innere Leere zu betäuben, die ihn schmerzt. Ich habe selbst zu den Normalbürgern gehört; ich weiß es. Und warum lösen sich die anderen völlig davon, warum drehen sie dem Ganzen ihren Rücken zu? Warum probieren sie ganz neue Arten des Zusammenlebens aus – oder versuchen alte Formen zu beleben aus einer Vergangenheit, die es nie gegeben hat? Warum denn, wenn sie nicht auf der Suche nach einem tieferen Sinn sind? Deine Sigaruns eingeschlossen, mein Schatz. Du selbst.«

»N-n-nein, ich wohl kaum. Ich bin einfach Künstler. Eines Tages hoffe ich ein guter Künstler zu sein, und da hören meine Pläne auch schon auf.« Skip rieb sich das Kinn. Er war von Natur aus keiner, der allzuviel Seelen-Erforschung betrieb. »Ich glaube, auf lange Sicht wird es sich als richtig herausstellen, daß ich auf die Walze gegangen bin. In einem Arbeitszimmer hocken, Bücher lesen und ins Fernsehen glotzen – was soll ein Kerl da malen?«

Sie betrachtete ihn. »Ich kann nicht glauben, daß du heute in der Dämmerung Gott nicht nahe warst«, sagte sie.

Für einen kurzen Moment kehrte ein Hauch jener unheimlichen Stimmung zurück. »Na ja ... Das war so wie manchmal, wenn ich Lager mache, in meinem Schlafsack liege und zu den Sternen hochsehe. Dann fühl ich, was für ein kleiner Fangeball der Planet ist und wir weiter nichts als Pünktchen darauf. Das ist ein herrliches Gefühl, aber ein bißchen Angst ist auch dabei. Aber was soll's, Mädchen. Ich kann nicht mehr als dreißig Sekunden ernst bleiben.«

Sie beharrte: »Das Mysterium, Skip! Dieses Wesen ist nicht nur ein Fremder in fremden Kostümen. Es ist ein Geschöpf, ein ... eine Existenz, die wir nicht begreifen können. Merkst du denn nicht: Es zeigt, daß die Wissenschaft uns nie mehr als ein Bruchstück des Verstehens geben wird – sogar von dem, was wir sehen und berühren können!«

Die Eierkuchen waren fertig. Sie häufte sie auf seinen Teller und setzte sich ihm gegenüber. Er goß Sirup darüber. *Wenn ich sie von dieser Missionars-Tour nicht abbringe, kann es noch Stunden dauern, bevor sie hoppe-hoppe macht. Vielleicht nie mehr, wenn sie auf mich sauer ist.* »M-m-m, was für ein Klasse-Proviant!« sagte er mit vollem Mund.

Sie seufzte und streckte ihre Hand aus, um seine zu streicheln. »Ich möchte, daß du Erleuchtung findest. Du verdienst es.«

»Eigentlich nicht. Sieh mal, Spatz, ich will ehrlich sein. Ich respektiere deinen Glauben, aber es ist nicht meiner. Für mich ist das Verhalten des Sigmanten . . . naja, ganz interessant. Ein Problem, das früher oder später gelöst wird. Offensichtlich denkt er nicht so wie wir, aber erwartet man das denn von einem nicht menschlichen Lebewesen? Mit der Zeit wird irgendein heller Junge den Schlüssel zu allem finden. Und wenn wir den einmal haben, wette ich, daß die Verständigung erstaunlich schnell klappt.«

»Wenn er nicht vorher wieder weg ist. Für immer weg.«

Skip nickte. Das dämpfte seine Freude. Die Befürchtung wurde recht oft geäußert, während die Monate der Ratlosigkeit sich zu Jahren häuften. Unternahm das Schiff nicht regelmäßige Ausflüge? Beschrieb es nicht ungeheure Kurven zu anderen Planeten hin – mit Geschwindigkeiten, denen die schwächlichen Fahrzeuge des ersten halben Jahrhunderts menschlicher Raumfahrt nicht einmal nahekommen konnten? Ja, umrundete es nicht manchmal die Sonne so dicht, daß ein menschliches Schiff vernichtet worden wäre, von der Mannschaft ganz zu schweigen? Und schloß es von solchen Exkursionen nicht innerhalb von Wochen ins Nichts, weit jenseits menschlicher Reichweiten?

Daß dazu technologische Wunder notwendig waren, die gleichfalls außerhalb menschlicher Reichweite lagen, war noch das wenigste. Die Möglichkeit der Reise zu anderen Sternsystemen war also jetzt bewiesen. Aber dieser gegenwärtigen Generation blieb sie noch verwehrt. Vielleicht war sie der Menschheit nie vergönnt. Skip trug immer ein paar Taschenbücher mit sich herum und fand auch Zeit, sie zu lesen. Er hatte darin den Zweifel mehr als eines fähigen Wissenschaftlers gefunden, ob eine Maschinen-Zivilisation, die auf einen einzigen Planeten beschränkt blieb, allzu viele Jahrhunderte überleben konnte.

»Das könnte leider mal sein«, sagte er. »Wie lange können wir von dem Burschen auch vernünftigerweise erwarten, daß er so ganz allein und ohne Fortschritte bei der Entwicklung einer gemeinsamen Sprache hier sitzen bleibt?«

»Das Schlimme ist«, sagte Urania, die aus ihrer ernsten Stimmung nicht herauskam, »daß die mit so einem engen Blickwinkel an die Sache gehen. Meist schicken sie doch Wissenschaftler hoch, und höchstens noch ein paar Offiziere, Bürokraten und Journalisten. Hat denn noch niemand daran gedacht, daß der Sigmant vielleicht nicht Verständigung, sondern Gemeinschaft sucht?«

»Kann man das zweite ohne das erste?« Skip begann sich mit einem Gespräch zu bescheiden, das zwar nicht seinem unmittelbaren Interesse entsprach, aber auch nicht langweilig zu sein brauchte. »Mir ist schon mal der Gedanke gekommen, daß der Sigmant sich für uns vielleicht gar nicht interessiert. Höflich ist er, das müssen wir wohl zugeben. Aber vielleicht hat er gar keine Beweggründe, Gefühle und Ziele mit uns gemeinsam. Trotzdem, verdammt noch mal! Man möchte doch meinen, daß eine Lebensform, die Sternenschiffe baut, für so eine Reise zu uns auch einen Grund hat, den wir verstehen. Wenn ...«

Und die Kinnlade fiel ihm herunter, seine Gabel auf den Tisch. Er stieß einen Schrei aus, der Urania erschreckt aufspringen ließ.

2

Nach einer Woche kehrte das Schiff in seine übliche Erdumlaufbahn zurück. Die bemannten Satelliten meldeten, daß es eine Stunde lang in eine Leuchtschicht eingehüllt war, die abwechselnd in allen Regenbogenfarben glühte. Das hieß, daß der Sigmant Besucher empfing: was wiederum fast das einzige Signal war, von dem die Menschen glaubten, sie hätten es unzweideutig entschlüsselt. Weil solche Willkommensperioden nie mehr als ein paar Tage anhielten, wurden Raumfahrzeuge und Mannschaften in Bereitschaft gehalten. Die Richtlinien dafür waren früher Gegenstand heftiger gelehrter und politischer Fingerhakeleien gewesen. Heutzutage wurden die Aufgaben etwas vernünftiger verteilt.

Nicht, daß das etwas sehr Edles über den Homo sapiens besagte, dachte Yvonne Canter. (Währenddessen stieg sie in einen einteiligen Anzug, griff sich die Reisetasche, die immer gepackt dastand, schloß ihre Wohnung ab, fuhr mit dem Aufzug fünfzig Stockwerke hinunter in die Garage der Haus-Stadt, stellte den automatischen Piloten ihres Wagens auf das Armstrong-Flugfeld ein, steckte sich eine Zigarette an und versuchte sich zu entspannen. Es gelang ihr nicht.) Drei Jahre der Enttäuschung hatten dem persönlichen Dabeisein das meiste Prestige in Fachkreisen und in der internationalen Öffentlichkeit genommen. Nebenbei wurde alles, was vorging, auf jede nur denkbare Art voll aufgezeichnet und als frei verfügbare Information gespeichert.

Dennoch konnte sie sich nicht vorstellen, daß sie des Anblicks je müde wurde, der sich ihr zwei Stunden später bei der Annäherung ihres Raumfahrzeugs bot.

Im linken Fenster, zehn Grad weit in einer Entfernung von 75 000 Kilometern, leuchtete die Erde im Dunkel. Die Tagseite bestand aus hundert satten Blauschattierungen, von blendendem Weiß überwirbelt. Wetterzonen. Zu welchen Ländern die verschwommenen grünbraunen Festlandstreifen gehörten, war für sie nicht erkennbar; Yvonne befand sich bereits an Ufern, die noch kein Fuß betreten hatte. Die Nachtseite war schwarz, von einem schwachen Schimmer überlagert. Dort tanzten kurz aufleuchtende Funken, die Gewitter oder Städte sein mochten.

Als sie ihren Blick von dieser freischwebenden Flamme abwandte, sah sie die Sterne. Wegen der Kabinenbeleuchtung war nicht mehr an ihnen, als man auch von einem Berggipfel aus sehen mochte, aber sie blinkten nicht und waren gestochen scharf, wie im Winter. Mitten darin schwebte das Schiff, das aus den Tiefen des Weltraums gekommen war.

Was man davon sah, war ebenso bruchstückhaft. Das Fahrzeug war – vielleicht – mehr ein Ineinandergreifen riesiger, rätselhafter Energiefelder als ein Gebilde aus Metall, Kristall und Synthetikstoffen. Man sah zwei Kugelkörper, die kupferfarben schimmerten. Der größere, der einige hundert Meter Durchmesser hatte, war völlig geschlossen. Von der Schiffshülle standen Türmchen, Nadeln, Scheiben, Rahmen, Kuppeln, Netze und nicht so leicht bezeichenbare Gegenstände ab, deren Zweck man nur ahnen konnte. Sie ergaben kein häßliches Durcheinander. Statt dessen besaßen die Umrisse und Massen eine fließende, atemberaubende Einheitlichkeit, die nie unverändert blieb, weil das Auge immer neue Blickwinkel entdeckte, das Gehirn neue Gesichtspunkte; das Parthenon, die Kathedrale von Chartres oder das Tadsch Mahal konnten diese verzwickte Einfachheit nicht erreichen, diese klare Dynamik.

Etwa zwei Kilometer dahinter, von hydromagnetischen Wellen festgehalten(?), schwebte eine kleinere, nicht so eindrucksvoll ausgestattete Kugel von skelettartiger Konstruktion, die gegen die Leere offen war. In den Teleskopen zeigte sich ein Muster, das Yvonne nicht anders als charmant und spielerisch finden konnte. Doch es konnte jene Energien verbrennen, aus denen Sonnen geformt sind. Astronomen hatten den ungeheuerlichen Feuerschein des Schiffes entdeckt, als es in einer Entfernung von einem Lichtjahr auf dem Weg ins Sonnensystem abgebremst hatte. Ein und dreiviertel Jahre lang war dieser rasende Stern größer geworden, während die Ratlosigkeit und die Angst auf der Erde Panik erzeugten; oft auch den Ausbruch von Unruhen. Yvonne kamen von neuem die gelassenen Worte von Sigurdsens berühmtem Fernsehvortrag in den Sinn – und wie ihre eigene nervöse Spannung sich in Hoffnung, ja in Überschwenglichkeit verwandelt hatte.

»... ohne jeden Zweifel ein Raumschiff aus einem anderen planetarischen System. R. W. Bussard hat im vorigen Jahrhundert das Prinzip angedeutet, das es wahrscheinlich verwendet. Der interstellare Weltraum ist kein totales Vakuum. In unserem Milchstraßensektor beläuft sich der Gasgehalt auf etwa ein Wasserstoff-Atom pro Kubikzentimeter. Wirklich sehr wenig! Doch wenn man mit Geschwindigkeiten fliegt, die der Lichtgeschwindigkeit vergleichbar sind – Lichtgeschwindigkeit ist bekanntlich jene nie ganz erreichbare Höchstgrenze, die uns die Relativitäts-Physik setzt —, wenn man derart schnell fliegt, setzen diese wenigen Atome beim Aufprall auf das Schiff Röntgenstrahlen und aufgeladene Teilchen in so tödlicher Konzentration frei, daß keine Abschirmung aus festem Material einen vor fast sofortigem Tod bewahrt.

Keine Abschirmung *aus festem Material.* Aber auch wir haben etwas über elektromagnetische und nukleare Kräfte herausgefunden. Der Reaktor, der wahrscheinlich die Elektrizität für Ihre Wohnung liefert, verwendet solche Kräfte, um ein Plasma aus Wasserstoff-Atomen einzuschließen, die sich so rasend bewegen, daß sie zu Helium verschmelzen und auf diese Weise Energie erzeugen. Bussard hat nun die Theorie aufgestellt, daß ähnliche Kräfte auf ungleich größerer Ebene eines Tages interstellares Gas in sicherer Entfernung um ein Sternenschiff herumlenken könnten. Er ging so weit, vorzuschlagen, daß das einmal kontrollierte Gas hinter dem Schiff kanalisiert und zu bestimmten Reaktionen veranlaßt werden könne, um so die Energie für das Schiff zu liefern. Mit anderen Worten: Ein Bussardsches Schiff würde sich aus seiner interstellaren Umgebung versorgen. Es würde nur einen bescheidenden Treibstoffvorrat brauchen, um die Staustrahlgeschwindigkeit zu erreichen. Danach könnte es sich der höchstmöglichen Geschwindigkeit unendlich nähern. So könnten wir die nächstliegenden Sterne nicht in Jahrtausenden, sondern in wenigen Jahren erreichen. Die Tore des Universums würden sich der Menschheit weit öffnen.

Nun, eine fortgeschrittenere Zivilisation ist uns darin zuvorgekommen. Dieser Himmelskörper muß ein Bussardsches Schiff sein. Unter den Hunderten von Erklärungsversuchen ist keine annehmbare andere Möglichkeit. Es ist ein Raumschiff, das mit einer negativen Beschleunigung von etwa einem Drittel der Erdschwerkraft einfliegt; was darauf hindeutet, daß die Mannschaft von einem kleineren Planeten als der Erde stammt. Wahrscheinlich kommt es von einem nahegelegenen System, und es ist zu vermuten, daß es die merkwürdigen Radiosendungen untersuchen soll, die seine Erbauer während des vergangenen Jahrhunderts von uns aufgefangen haben. Wenn das so ist, müssen wir von seinem augenblicklichen Kurs auf den Stern Sigma im Sternbild des Drachen als seinen Ausgangspunkt schließen. Dieser Stern ist der Sonne nicht unähnlich, und er ist nur etwas mehr als achtzehn Lichtjahre entfernt. Wir werden ja sehen.

Wir haben nichts zu befürchten. Im Gegenteil, wir haben einen ganzen Kosmos zu gewinnen. Ich weiß, daß einige meiner Kollegen sich Gedanken über den Photonen-Antrieb des Schiffes machen. Offensichtlich stößt es, um Schubkraft zu erzeugen, keine Materie aus. Und es tut noch etwas anderes, was wir bisher nicht können. Es benutzt einen enormen Gas-Laser, um Strahlung zu schleudern, einen Photonenstrahl — die wirksamste Art von Reaktormotor, die sich vorstellen läßt. Falls ein Strahl von solcher Intensität einen Teil der Erde träfe, ginge die Zerstörung über unsere Vorstellungskraft hinaus.

Dies wird nicht eintreten. Ich stimme mit jenen überein, die der Ansicht sind, daß sternerforschende Zivilisationen friedlich sein müssen, weil sie sich sonst selbst zerstört hätten, bevor die erforderliche technologische Ebene erreicht gewesen wäre. Wir selbst, so primitiv wir sein mögen, sind — zwar langsam, zögernd, doch aus purer Notwendigkeit — gezwungen gewesen, ein gewisses Maß an internationaler Stabilität herzustellen, eine internationale Rüstungskontrolle. Ich glaube nicht, daß wir in den Alptraumzustand der abschußbereiten nuklearen Raketen zurückfallen werden. Ich glaube, daß unsere Kinder und Enkel über die unbehagliche, eng begrenzte Zusammenarbeit von heute hinaus sein werden.

Jedoch — solcher Glaube ist nicht erforderlich, um uns über unsere Besucher zu beruhigen; sie sind vielleicht keine Heiligen, aber Idioten können sie auch nicht sein. Die geringste interstellare Entfernung ist eine Unermeßlichkeit, die wir beziffern, uns aber nicht vorstellen könnnen. Das ist keine Flotte, die sich da nähert, es ist ein einzelnes Schiff — nach allen Anzeichen kleiner, als viele unserer Schiffe sind. Nichtsdestoweniger stellt es eine Errungenschaft und einen Geldwert dar, gegen die die Pyramiden, die Große Mauer in China und die Erforschung des Sonnensystems schlichtweg nichts sind. Was kann seine Mannschaft dadurch gewinnen, daß sie uns Schaden zufügt? Welche Beute kann auch nur einen Bruchteil der Frachtkosten wert sein, welcher Bevölkerungsdruck kann auch nur ein Jota gemildert werden, welche Selbstbestätigung ist noch dabei, Wehrlose anzugreifen, nachdem jemand diesen Abrund bezwungen hat?

Nein, diese Reisenden können nur ein einziges wichtiges Anliegen haben — Wissen. Vielleicht auch Abenteuer und Glorie, aber gewiß Zuwachs an Wissenswertem. Und da vertraue ich darauf, daß wir nicht allzu hoffnungslos unterlegen sind. Wir haben Information über ganze Welten; Planetographie, Geschichte, Biologie, Anthropologie — alles, was wir sind und waren, haben wir als Tauschobjekt für das, was sie uns enthüllen können.

Ja, um ehrlich zu sein: Was mir nicht einleuchtet, das ist, warum das Schiff überhaupt kommt. Es wäre ganz ernorm leichter und billiger, über Laserstrahlen oder ähnliches Informationen auszutauschen. Offensichtlich hätten doch die Erbauer des Schiffes ein Signal herjagen können, das unsere Aufmerksamkeit erregen würde.

Sind sie dafür zu ungeduldig? Es würde viele Lebensspannen dauern, bis eine zufriedenstellende gemeinsame Sprache gefunden wäre, wenn schon zwischen einer Frage und dem Eintreffen der Antwort sechsunddreißig Jahre vergehen müssen. Eine vorbereitende Expedition in Fleisch und Blut kann die Grundlagen viel schneller legen. Danach könnten wir ja tatsächlich interstellares Fernsehen benutzen. Vielleicht haben die Bewohner von Sigma Draconis (falls sie dort herkommen) nur dieses eine Schiff, das als ihr Botschafter Sternsystem nach Sternsystem aufsucht.

Das ist natürlich nur eine Vermutung. Ich kann es kaum abwarten, den wahren Sachverhalt zu erfahren! Seien Sie inzwischen versichert, daß unsere Besucher die nötigen Vorsichtsmaßregeln treffen. Sie werden ihren gefährlichen Photonenmotor am Rand des Sonnensystems abschalten und mit einem geeigneten Antrieb einfliegen — ich denke, es wird wohl eine verbesserte Ausgabe unserer Ionendüse sein. Und sie werden in dem gleichen Frieden kommen wie die Engel von Bethlehem. Kinder der Menschen, seid für unsere Gäste bereit!«

Mit der Harmlosigkeit dieser Fremden hat er recht gehabt. Aber alles andere . . .! Und über die Harmlosigkeit habe ich mir seither auch so meine Gedanken gemacht. Was hat die entsetzlich grausame Enttäuschung bei unserer armen, ohnehin schon kranken und entzweiten Rasse angerichtet? Der frühere Eifer kehrte zurück. *Werde ich hier und jetzt vielleicht doch einen Weg finden, diese Enttäuschung zu beheben?*

»Langsam ... Drei Grad rollen ... Zwölf Gauss, hui, nehmen Sie Dampf weg ... Jetzt um sechs Newtons erhöhen ... Peilung zehn, null, zweieinhalb; Abstand acht-punkt-fünf ... Düse aus.«

Stille, freier Fall, Sterne jenseits der Fenster.

Der Pilot gähnte und reckte sich. »Schön, Dr. Canter, hier ist Ihre Haltestelle«, sagte er prosaisch. »Wollen Sie sich etwas ausruhen?«

»Nein, vielen Dank.« Ein Schauder lief ihr über den Rükken. »Sofort.« Eine Sekunde später fiel ihr noch das Wort »bitte« ein.

Der Kopilot nickte. »Ich bringe Sie rüber.« Gemeinsam mit ihr schnallte er sich los. Sie steckten bereits in Raumanzügen. Jetzt überprüften sie sie zum letztenmal, befestigten die Düsenblöcke auf den Schultern, schlossen die Helme und stiegen durch die Schleuse aus.

Yvonne wünschte sich einen kurzen Moment lang, sie könnte allein zu dem Schiff hinüberwechseln – allein inmitten der jetzt ungetrübten Herrlichkeit der Sterne. Doch nein: Wenn ihre Schulung nach Eintritt in die Forschungsgruppe auch intensiv gewesen war, so hatte sie sie doch nicht auf Notfälle im freien Raum vorbereitet. Durch ein Seil mit den Fußknöcheln des Mannes verbunden, hielt sie ihre Kiste mit Nahrungsmitteln und anderen Versorgungsgütern fest und ließ sich von ihm ziehen. Er ging langsam und vorsichtig vor, wobei er ständig Peilungen mit seinem Dronometer vornahm, damit sie in dem Tunnel blieben, den der Sigmant zeitweilig in den schiffsumschließenden Kräften geöffnet hatte. Dennoch hatten Menschen diese Kräfte mehr als einmal gestreift. Es fühlte sich an, als werde man durch eine schnelle, heiße Wasserströmung gezogen. Weiter im Innern, wo sie voll wirksam waren, wäre ein Eindringender zweifellos zerrissen worden.

Vor dem zitternden, durchschimmernden Vorhang aus ...

wieder anderen Energien, der einen Durchgang in der Schiffswand bedeckte, hielten sie an. Der Kopilot machte die Sicherheitsleine von ihrem Anzug los, wobei er sie mit der freien Hand festhielt. Das Erdlicht, das sich auf seinem Helm widerspiegelte, machte ihn gesichtslos, und das Zischen von Funkstörungen verzerrte seine Stimme, als sie einen Moment lang da zwischen den Sternen und dem Riesenschiff hingen. »Alles klar?« fragte er.

»Ja«.

»Gut – vergessen Sie nicht, wir folgen Ihnen in der Umlaufbahn. Wenn Sie wieder weg wollen, wenn er Sie entläßt und dieses Signal gibt, kommen wir. Warten Sie hier auf mich, damit ich Sie zurückbringen kann.«

»Ich bin hier nicht so neu, wie Sie anscheinend!« schimpfte sie. Dann erkannte sie ihre Unhöflichkeit, und sie zwang sich, hinzuzufügen: »Ich habe es nicht so gemeint. Entschuldigen Sie bitte. Ich möchte sofort an die Arbeit gehen. Jede Minute kann kostbar sein.«

»Klar«. Er ließ sie los. Sie berührte einen Kontrollkontakt und schoß nach vorn, durch den Vorhang, der sie durchließ, der aber nicht die Luft aus dem Schiff entweichen ließ. Sie war an Bord, und nun würde sie dem Sigmanten gegenübertreten.

3

Obwohl er jetzt darauf brannte, fortzukommen, malte Skip das Wandbild fertig, wie er es versprochen hatte. Sein eiserner Grundsatz lautete: »Hinterlaß immer einen sauberen Lagerplatz.« Urania und die Jungen machten immer wieder sehnsüchtige Andeutungen, daß er doch länger bleiben solle, und weinten, als er sich verabschiedete. Er nahm es nicht so schwer; besonders, da seine Füße sowieso bald das große Jucken gespürt hätten. »Ich versuche wiederzukommen«, sagte er. Vielleicht würde er das sogar tun.

Ein Mann, der in die Ortschaft fahren mußte, um Vorräte zu besorgen, nahm ihn mit. Die »Ortschaft« bestand aus einem Dutzend Häuser, zwei Läden, einer Umspannstation und einer Kneipe. Skip machte einen Kopfsprung in die letztere. In We wurden Rauschmittel nur zu religiösen Zwecken verwendet. Nachdem er schnaubend und prustend wieder an die Oberfläche gekommen war, stellte er dem Besitzer Fragen. Beim zweiten Bier stellte er Reiseberechnungen an.

Normalerweise wäre er als Anhalter weitergekommen. In diesen Gegenden war noch für jeden ausreichend Platz; man hatte weniger Grund, vor seinen Mitmenschen auf der Hut zu sein, als die meisten armen, rattengleich rasend gewordenen sieben Milliarden der Erde. Er hätte sich mit den Autofahrern, die ihn mitnahmen, unterhalten; er hätte sie ausgefragt, wäre ausgestiegen, wo es gerade interessant aussah, und hätte oft aus purer Laune alle seine Pläne über den Haufen geworfen. Aber jetzt hatte er es eilig. Man konnte nicht wissen, wann der Sigmant es satt bekam und davonflog. Und Skip brauchte sicher noch eine ganze Weile, um zum Präsidenten der Vereinigten Staaten oder zum Hohen Kommissar der Friedensbehörde vorzudringen; oder wer sich sonst als passend erwies.

Wollen das Geklimper nochmal zählen. Urania hatte nicht viel gezahlt. In We gab es pro Kopf kaum mehr Geld zur persönlichen Verfügung als bei einer normalen Sigarun-Zusammenkunft. Das hatte ihm seinerzeit nichts ausgemacht. Wenn man das Geld dazuzählte, das bei der Ankunft in seinen Taschen gewesen war ... *Verdammt, diese C-Münze ist ja noch in alten Dollars. Geteilt durch tausend, macht zehn Cent* ... Er kam auf insgesamt 233,50 Dollar. Und er mußte davon Essen und Trinken ebenso kaufen wie Fahrkarten, und diese zwei Gläser Gerstengebräu hatten ihn schon um vier Piepen zurückgeworfen ... *Ob ich Berkely anrufe? Vater bitte, etwas zu schicken? Das würde er bestimmt gern tun.* Skip zog eine Grimasse. *Nein.* Er haßte es, Schulden zu haben; zu schweigen von dem moralischen Teil, den er nie abgelten konnte, da er nicht die Absicht hatte, wieder ein Hugo zu werden.

Er entschloß sich, etwas Geld auf einen Daten-Abruf zu verwenden. Das öffentliche Telefon war so ungefähr der einzige moderne Gegenstand in der angenehmen, kühlen und dämmerigen Altertümelei der Kneipe — so modern, daß es keine Münze annahm. Hätte Skip seine Kreditkarte in den Schlitz gesteckt, dann hätte das Leuchtsignal KONTOSTAND NULL angezeigt. Er lieh sich die Karte des Kneipenbesitzers aus, nachdem er sein Geld vorgezeigt hatte, um zu beweisen, daß er die Gebühren zurückerstatten konnte. Der Bildschirm des Telefons belebte sich mit einer automatischen Ansage: ein hübsches Mädchen, dessen Lächeln in Fleisch und Blut wahrscheinlich ebenso automatisch war. »Datendienst. Können wir Ihnen helfen?«

Er speiste die wichtigsten Worte seiner Anfrage mit der Tastatur ein, um zu vermeiden, daß er mit einer teuren lebenden Telefonistin verbunden wurde. Irgendwo auf dem Kontinent leitete ein Computer die Anfrage an die entsprechende Datenbank weiter; Elektronenstrahlen tasteten Riesenmoleküle ab und entnahmen die Information, die in ihren Verzerrungen enthalten war; nach einer Minute Wartezeit – die Leitungen mußten heute überbelegt sein – verkündete die automatische Ansage: »Ihre Antwort liegt vor. Wünschen Sie, daß sie ausgedruckt wird?«

»Nein, danke«, sagte Skip, da sein angeborenes Gedächtnis billiger war. Er fragte sich, weshalb er diesen Apparaten eigentlich danke sagte. Worte liefen über den Bildschirm – langsam, bis er am Geschwindigkeitsknopf drehte. *Welche Erhalterkolonnen sind wo?* Erwiderung: Morgan und seine Leute in Connecticut mit einem Vertrag über die Beseitigung von Erosionsschäden; die Freunde der Erde forsteten Wisconsin wieder auf; die Terraner waren weit weg in Ägypten bei einer Rettungsaktion, zusammen mit verschiedenen anderen Trupps aus anderen Ländern unter der Gesamtleitung der Umweltbehörde; die Aktion Gemeinwohl befand sich zur Flutkontrolle in Alabama . . .

Als der Bildschirm leer war, bezahlte Skip den Besitzer und wandte sich wieder dem Bier und seinen Berechnungen zu. Bei den Terranern hatte er letztes Jahr gearbeitet. Sie dachten gut über ihn, und er hatte gehofft, ihr Chef würde ihn seinem Ziel etwas näher bringen. Aber innerhalb einer vernünftigen Zeitspanne konnte er als Anhalter nicht nach Ägypten kommen, und das Zurückkommen wäre ein Problem für sich gewesen. *Außerdem will ich nicht nach Ägypten. Zeitungsfotos von dem zusammengebrochenen Lebenskreislauf dieser übervölkerten Länder reichen mir.* Die Tuatha de Danaan befanden sich in größter Nähe, am Tahoe-See; aber wer war er schon für sie? Er würde sich in ihren Hilfsdienst einschreiben und sechs Monate damit zubringen müssen, sich zu bewähren, bevor er Aussicht auf eine Empfehlung an jemand wirklich Einflußreichen hatte.

Nein, Moment mal! Er hatte die Tahoe-Arbeiten mit Interesse verfolgt. Dabei war mehr im Spiel als nur die Wiederherstellung reiner Gewässer und der Wildnis um sie her. Jener ganze Teil der Sierra war davon berührt. Außer der Wasserreinigung, dem Wild, dem Wald, dem Erholungswert schlossen die Pläne Landwirtschaft ein. Sorgfältig verteilte Farmen mit Anbausorten und Techniken, die kürzlich für das Hochland entwickelt worden waren, sollten nicht einfach nur ein wenig mehr Nahrung ins immer hungrigere Maul der Welt stopfen. Sie konnten einen echten Beitrag dazu leisten, daß das Gleichgewicht der Natur erhalten blieb, und die Besitzer konnten gleichzeitig Aufseher dieses Programms sein. Klein und abgeschnitten, waren solche Landstreifen für einen Freibürger wie geschaffen ... und die Regierung hatte qualifizierten Leuten, die vom Anfang bis zum Ende an dem Vorhaben mitarbeiteten, die Genehmigung versprochen, sich dort niederzulassen ... und von Tahoe aus waren die nächsten Freibürger in Mendocino, und die waren Skips Freunde ...

»He, Herr Wirt! Wissen Sie, ob heute jemand nach Norden fährt?«

Gegenwärtig waren die Tuatha de Danaan am Südufer des Tahoe-Sees, wo sie am meisten gebraucht wurden. Die Urlaubshorden, die jeden früheren Versuch der Landschaftserhaltung zunichte gemacht hatten, waren weg. Die Ferienparadiese und Neppläden, die sie angezogen hatten, waren dem Erdboden gleich gemacht worden, die Bewohner auf verschiedene Neustädte verteilt. Einspruch hatte keine große Aussicht auf Erfolg, seit Kaliforniens Central Valley sich in eine übelriechende Wüste verwandelt hatte. Auch war es nicht schwer, an neuen Mutterboden zu kommen, da ja überall, wohin man kam, Container-Müllhalden Kompost lieferten. Aber der Boden mußte verteilt, gedüngt, bewässert und mit der richtigen Pflanzenart bepflanzt werden.

Sobald die ersten, schnellwachsenden Bäume und Büsche eine Art Wald darstellten, mußten die ersten wilden Tierarten darin ausgesetzt werden. So arbeitete man sich an den Ufern entlang. Und den ganzen See aufbereiten, um die Giftstoffe und Algen loszuwerden — das brauchte Jahre.

Touristen waren im Lager nicht willkommen, aber Bewerbungen um Mitarbeit wurden begrüßt. Skip erzählte einem Wachtposten eine Stunde lang Witze und erhielt einen Passierschein, »um mich mal umzusehen, ob ich herpasse.« Zwei weitere Stunden des Herumschlenderns, Schwatzens und Erkundigens führten ihn zu Roger Neal, mit dem er in Mendocino bekannt gewesen war.

Der zweitgeborene Freibürger arbeitete dafür, eines Tages seinen eigenen Herd und Acker zu haben. Er war einem nicht ganz so ländlich-friedlichen Abschnitt zugeteilt wie dem nahe dem Zaun, wo es noch Bäume gab und einige Insekten-Wissenschaftler Raub-Sorten aussetzten, die Pflanzenschädlinge vertilgten. Hier, auf einem steilen roten Abhang, rumpelten Räumpflüge, Erdverteiler tuckerten, Sortiermaschinen schnauften, und hundert Männer wimmelten herum und schrien sich über den Krach hinweg zu. Der meiste Radau kam von dem Wasser, das durch die Röhren von Reinigungsmaschinen auf Lastkähnen dröhnte und in den See zurücksprudelte — weiß unter einer strahlenden Sonne. Doch teilweise glitzerte der See wieder juwelenblau. Und Kilometer entfernt, so daß die Narben von der Entfernung verdeckt wurden, machten Bergspitzen die Vision dessen, was eines Tages vielleicht wieder sein würde, vollständig.

Vielleicht, dachte Skip. *Ich weiß nicht. Indien, Ägypten, halb China . . . Ganz schön große Brocken aus dem Planeten. Wer sagt denn, daß Nordamerika nicht auch schon zu weit in diese Richtung gegangen ist? Wenn ein paar von uns, nur wenige, auf einer neuen Welt von vorn anfangen könnten . . .*

Roger, muskulös und sonnenverbrannt in erdverklebter Arbeitskleidung, schüttelte ihm kräftig die Hand. »Prima, dich wieder mal zu sehen! Willst du hier mitmachen?«

»Ich bin nicht hinter einem Quartierzettel her, Rog«, sagte er. »Ich möchte mal mit dir reden, wenn du frei hast.«

»Klar. Bleib die Nacht hier. Das Essen ist in Ordnung.

Ich unterschreibe einen Gutschein für dich. Du kannst deinen Schlafsack in meiner Baracke auf den Boden legen. Oder davor auf den Erdboden, wenn du willst. Meine Kumpels werden sich freuen.«

Skip drückte sich unauffällig in der Gegend herum, bis um 5.30 die Dampfpfeife schrillte. Die Erhaltungsarbeiter hatten nichts gegen eine Vierzigstundenwoche: Der Überstundenlohn kam ihnen gut zupaß, zumal es im Lager sowieso nichts anderes zu tun gab.

Er erklärte, was er vorhatte. Rog besaß keinen unmittelbaren Zugang zu Chef Keough, aber sein Vorarbeiter. Skip verbrachte den Abend damit, den Vorarbeiter herumzukriegen, was nicht schwer war. Der Mann war gerade aus Alaska gekommen, wo man kaum einen Sigarun antraf. Ihn entzückte die Standardvorstellung aus Liedern und Scherzen. Er ließ sich bei Keough gern für Skip einen Termin geben, »wegen einer Idee, die vielleicht nützlich ist.«

Daniel Keough am nächsten Mittag — das war schon etwas anderes. Er hatte schon Hunderte solcher Besucher empfangen. Seine Höflichkeit war rauh. »Setzen Sie sich, Mister Wayburn. Ich fürchte, ich habe nicht allzu viel Zeit für Sie.«

Skip setzte sich vorsichtig auf den Klappstuhl, ähnlich demjenigen, der Keoughs massige Gestalt aushielt. Der Chef trug Fransenhosen, eine bestickte, hochgeschlossene Jacke, eine rote Schärpe und ein rotes Barett und Silberketten um Hals und Handgelenke.

Seine Frau und seine Töchter, die in den Wohnwagen herein- und wieder hinaushuschten, waren noch bunter aufgemacht. Die Töchter warfen Skip Blicke zu, die ihn wünschen ließen, daß er bleiben könnte. Ringsherum stiegen Kiefern grün in den blauen Himmel. Ein Schmetterling gaukelte durch sonnengesprenkelte, süß duftende Schatten, ein Vogel zwitscherte, ein Eichhörnchen rannte einen Baumstamm hoch. Von fern kam der Lärm der Maschinen.

»Ich schätze, dann muß ich Sie schnell überzeugen, Mister Keough.«

Keough paffte aus seiner Pfeife und wartete.

»Ich möchte mit Präsident Braverman sprechen«, sagte Skip. »Oder mit Kommissar Uchida oder jemandem von der Art. Mit einem von denen da oben.«

Keoughs Brauen hoben sich in dem narbigen, gebräunten Gesicht. »Wie kann ich Ihnen da helfen?«

»Indem Sie mich an den Richtigen weiterreichen, Mister Keough.«

Hinter dem Energievorhang war ein kurzer, röhrenförmiger Gang mit eigenartigen Vorsprüngen, die Handgriffe sein mochten. Wie der Raum, zu dem er führte, war der Korridor von einem unbekannten Material gesäumt: glatt, etwas nachgiebig. Darin wirbelten und drehten sich Farben in einem langsamen, verwickelten Tanz, der einen bis in die Nähe hypnotischer Zustände brachte, wenn man hinsah. Die Substanz lieferte ausreichende Beleuchtung.

Aus dem Gang trat Yvonne in eine halbkugelförmige Kammer mit einem Halbmesser von dreißig Metern. Sie war ebenso mit Griffen ausgestattet, an denen immer neue menschliche Besucher ihre Schlafgurte, Kameras, tragbaren Analyse-Einheiten und andere, ähnliche Gerätschaften befestigt hatten, bis die ursprüngliche Harmonie des Raumes in der Unordnung untergegangen war. Ein Paraboloid wölbte sich herein. Es ließ von Wand zu Wand höchstens vier Meter Platz.

Das schien eine Veranda zu sein, vor den Räumen dahinter. Sie war durchsichtig und schien festgefügt. Gelegentlich hatte sie sich geteilt, wenn der Sigmant in Glasbehältern durch einen Einbahn-Energieschirm kleine Proben herausgereicht hatte. Das Wesen lehnte irdische Proben ab, indem es sie einfach nicht durchließ, und hatte auch seit den frühen Tagen keine weiteren Geschenke gemacht.

Das Licht in der Kuppel war orange-gelb gefärbt und härter als das Sonnenlicht der Erde. Die Luft unterschied sich in gleicher Weise von dem, womit die »Gästezimmer« versorgt wurden. Der Sigmant hatte eine Flasche seiner eigenen Luft herausgegeben. Die Zusammensetzung stellte sich als ähnlich heraus wie auf der Erde an einem feuchten Tag, aber doppelt so dicht. Empfindliche Wärmemesser hatten eine tropische Temperatur angezeigt – veränderlich, mit einem Mittelwert von dreiunddreißig Grad Celsius. Wie diese Tatsachen sich mit der Annahme vereinbaren ließen, daß der Herkunftsplanet kleiner als der des Menschen sei, konnte niemand sagen. Jedermann hätte es aber gern gewußt.

Es war ebenso unklar, weshalb nicht nur ein dreidimensionales Netzwerk feststehender Gegenstände die Kuppel füllte (die meisten ließen sich einstellen oder bewegen, oder sie veränderten von selbst ihre Formen, und kein Mensch wußte, wozu sie da waren), sondern auch noch hundert verschiedene Pflanzen in tausend verschiedenen Farben. Sie schienen aus manchen Teilen des Netzwerks herauszuwachsen. Sollten sie den Sauerstoff erneuern? Aber sogar der Mensch hatte schon wirksamere Methoden dafür. Irgendeine bisher unbekannte Symbiose? Eine Beschäftigungstherapie, um die Einsamkeit erträglicher zu machen? Ein religiöser Gesichtspunkt? Die Wissenschaftler von der Erde waren schon so weit, daß sie die Schönheit all dessen verfluchten. Denn es hielt sie davon ab, mehr als einige wenige Meter über die innere Wand hinaus zu sehen.

Der Sigmant zeigte sich nur selten, bevor seine Besucher aus den Raumanzügen gestiegen waren und ihr Gepäck verstaut hatten. Yvonne erledigte dies rasch. Sie hatte bald mitbekommen, wie man sich unter den Bedingungen der Schwerelosigkeit bewegt. Mochte sie auch ein Blaustrumpf sein, so war sie doch eine gute Schwimmerin und Tennisspielerin.

Die Luft war angenehm warm, von leicht würzigem Duft. Die völlige Stille – Ventilation ohne Pumpen war auch so ein Trick, auf den die Menschen erst kommen mußten – trug zu dem unwirklichen Gefühl des Fliegens bei. Yvonne unterdrückte ein Verlangen, sich in akrobatischen Kunststückchen zu verlieren, ebenso streng wie den Wunsch nach einer Zigarette. Arbeit wartete! Sie überprüfte die Kameras und Aufnahmegeräte, die natürlich eingeschaltet geblieben waren. Es war noch reichlich leeres Band vorhanden. Das bespielte enthielt zweifellos ebenso wenig von Interesse wie alle Bänder vorher.

Zum Teufel, der Sigmant kann doch nicht auf jeder von diesen Lustfahrten durch unser Sonnensystem dauernd voll beschäftigt sein! Dieses Schiff ist bestimmt vollautomatisch; das sind ja unsere beinahe auch. Ich kann mir vorstellen, wie das Geschöpf auf planetare Entdeckungstouren geht, um aus dieser Eintönigkeit wegzukommen. Ich kann sogar verstehen, daß es uns für mehr als begrenzte Zeitperioden nicht hier haben will. Aber warum stellt es sich nicht vor die Kamera und fängt an, eine gemeinsame Sprache zu entwickeln? Es könnte ja auf eine Fotografie zeigen oder auf eine Zeichnung, oder was auch immer. Es könnte ein Geräusch machen oder ein Wort schreiben. Gott weiß, daß unsere Leute es versucht haben. Sie zeigen auf einen Gefährten und sagen:»Mensch«. Sie zeichnen ein Diagramm vom Sonnensystem, die Periodische Tafel, das Wassermolekül. Nie eine Reaktion, aus der sich etwas machen läßt.

Eines muß wohl richtig sein — daß der Sigmant unsere biologischen Proben zurückweist, weil er sie schon kennt. (Obwohl wir ja bei all unseren sorgfältigen Vorsichtsmaßnahmen entdeckt haben, daß es nichts zu fürchten gibt. Wie könnte eine Lebensform, die auf Dextro-Aminosäuren basiert, uns auffressen, geschweige denn infizieren?) Plausibler ist schon die Idee, daß dies nicht der erste Sigmantenbesuch bei uns ist. Eine lange Entwicklung muß hinter einem so vervollkommneten Schiff wie dem hier liegen; und Sol gehört zu den Sternen, die ihnen verhältnismäßig nahe sind. Wahrscheinlich haben sie ihre wissenschaftlichen Studien hier schon vor zehntausend Jahren gemacht. Oder vor tausend; wir haben ja keine verläßlichen Berichte. Und dann hat sie die Vielzahl der Radiosendungen von der Erde zurückgelockt, und unser Besucher ist ein Kultur-Anthropologe.

Aber warum benimmt er sich dann nicht wie einer?

Und wenn er andererseits kein Interesse an uns hat, wieso läßt er uns dann überhaupt herein?

Die Gedanken, von häufiger Wiederholung abgenutzt, gingen Yvonne wie eine Melodie durch den Kopf, die sie nicht loswerden konnte. Sie mußte sich zu mühsam auf das konzentrieren, was sie tat. Aber als sie ihre Apparate endlich mit Saugnäpfen an der Kuppel befestigt und sich selbst auf ähnliche Art in einem Aluminiumgerüst festgemacht hatte — da drängten ihre *neuen* Gedanken in den Vordergrund, und sie zitterte vor Eifer.

Der Sigmant kam.

Keine noch so ernsthafte Anstrengung konnte verhindern,

daß sie bei dem Anblick eine leichte Übelkeit empfand. Viele, die ihn im Fernsehen betrachteten, hatten sich übergeben müssen. »Wir sehen für ihn ebenso scheußlich aus wie er für uns« war zur stehenden Redensart geworden, ebenso wie »da sehen wir mal wieder, wie gering die Unterschiede zwischen uns Menschen sind.« Keine dieser beiden Weisheiten hatte allzu viele zum Besseren bekehrt.

Ein Komiker hatte das Wesen als Mischung aus einer Wegschnecke und einem Kienapfel beschrieben. Die Formulierung war hängengeblieben. Etwa drei Meter lang und 130 Zentimeter dick, war der dehnbare Körper von ellipsoider Form. Viereckige goldbraune Platten bedeckten ihn wie Dachschindeln. Diese Platten waren unabhängig voneinander angewachsen – auf muskulösen Stielen, die in drei verschiedenen Ebenen angeordnet waren, so daß sie sich, von außen gesehen, überlappten. Wenn sich der Sigmant streckte, fingen die Kameras gelegentlich flüchtige Einblicke in den inneren Körper auf, der auf diese Weise geschützt wurde – eine schwammige, schwarze Masse.

Eine Symmetrie wurde durch vier stummelige, schalenbedeckte Beine nahe der Körpermitte hergestellt, mit scheibenförmigen, schwimmhäutigen Füßen; und durch ein Paar Arme, die etwas näher an jedem der beiden äußeren Enden wuchsen. Infolgedessen hatte der Sigmant weder Vorder- noch Rückseite; er arbeitete und bewegte sich ebenso leicht »vorwärts« wie »rückwärts«. Jeder Arm besaß Schultergelenk, Ellbogen und Handgelenk – aber damit erschöpfte sich die Ähnlichkeit zu einem menschlichen Arm. Das harte braune Material schloß die Arme wie die Glieder einer Krabbe ein. Entfernt krustentierartig waren auch die vier Kieferzangen am Körperende, deren schneidende und mahlende Oberflächen gegeneinander gestellt waren. Der Sigmant war schon beim Essen beobachtet worden. Die Klauen kneteten das, was wohl Nahrung sein mußte, und hielten die Masse dann gegen die schwammige Oberfläche, die in ihrer Mitte lag. Dort wurde sie offenbar von starken Verdauungssäften zersetzt, bis sie in die Arme hinein absorbiert war.

Die Klauen waren ihrerseits, jede für sich, von sechs seilförmigen kurzen Tentakeln umgeben. Sie gaben ausgezeichnete Finger ab, erinnerten Menschen aber an eine Schlangengrube.

Unter die »Dachschindeln« einziehbar oder zwischen ihnen vorstreckbar, gab es hier und da über den ganzen Körper verteilt dünne Fühler: vermutlich Sensoren. Doch von vier Augen abgesehen, blieben ihre Zweckbestimmungen unerkannt.

Die Platten glänzten nicht nur von Feuchtigkeit, sondern auch von heruntertropfendem Schleim. Mutmaßlich handelte es sich um Ausscheidungen des Verdauungsapparates.

Yvonne hielt ihren Widerwillen gut unter Kontrolle. »Hallo«, sagte sie. Ihr Lächeln war, wie sie wußte, nutzlos.

Die Gestalt schob sich durch das Netzwerk, bis zwei dieser unbeweglichen schwarzen Stielaugen in ihre eigenen Augen starrten. Nebelschwaden wanden sich hinter dem Sigmanten. Kleine Wassertropfen bildeten sich auf den Blättern, lösten sich und tanzten zwischen ihnen wie kleine Sterne.

Der Sigmant brummte dröhnend. Irgendwie ließ die Kuppel alle Geräusche durch, und natürlich entstanden davon automatische Tonaufzeichnungen. Yvonne fragte sich, wie viele Arbeitsstunden lang die Wissenschaftler der Erde schon darüber gebrütet hatten. Sie selbst hatte viele Stunden beigesteuert.

Vor ihr befand sich ein Tragtisch, von dem ein Draht zu dem Geräusche-Synthetisierer lief. Er konnte Elemente der Sigmantensprache hervorbringen, falls diese Töne in irgendeiner Zusammensetzung Sprache waren. Bislang hatte das Gerät keine Reaktion des Sigmanten zustande gebracht, sondern hatte ihn eher dazu bewogen, sich früher zurückzuziehen.

Yvonne frischte ihre Erinnerung auf, indem sie sich die Notizen ansah, die sie mitgebracht hatte. Dann spielte sie die erste Tonfolge wie geplant. Sie kam als Akkord heraus — ein schwingender Baß, der durch gleichzeitiges hohes Zirpen und Pfeifen schnitt.

Ob es etwas nutzt? Das Herz schlug ihr bis zum Hals.

Die Augenstiele des Sigmanten richteten sich steil auf.

Yvonne spielte einen zweiten Satz. Die Klauen öffneten sich weit. Das Wesen zeigte mehr Reaktion als auf jeden früheren Versuch. Yvonne ließ die Töne verklingen. Sie nahm die erste Serie Fotos und Zeichnungen von ihrer Klemmschreibunterlage. Sie zeigte einen nackten Mann. Sie spielte den letzten Satz noch einmal.

Eine leichte Lautabwandlung begleitete das Bild einer Frau. Eine dritte Abwandlung war mit einer gemischten Gruppe verbunden. Der Sigmant streckte Fühler auf Fühler aus. Begriff er endlich? Wurde es ihm bewußt, daß sie Worte für »Mensch-männlich«, »Mensch-weiblich« und »Menschen« vorschlug?

Der Sigmant trillerte und zog sich außer Sichtweite zurück. Yvonne wartete. In ihrem Kopf wirbelten viele Dinge durcheinander. Der Sigmant kehrte schnell zurück. Er trug einen kleinen, kugelförmigen Gegenstand. *Der Projektor!* schoß es Yvonne durch den Kopf. *Mein Gott! Den hat er mehr als zwei Jahre lang nicht herausgeholt!*

In der leeren Luft erschien ein dreidimensionales, vielfarbiges Gewebe von Formen, Kurven, Linien. Es floß durch viele Veränderungen, kompliziert und schön wie fließendes Wasser. Währenddessen pfiff und knurrte der Sigmant, winkte mit den Fühlern und verstäubte einen feinen Sprühdunst gelber Flüssigkeit.

Yvonne schüttelte den Kopf. Die Enttäuschung war wie ein Schlag in den Magen. »Ich verstehe nicht«, sagte sie.

Der Sigmant hielt an. Die Stille zog sich hin. Und dann, indem er die meisten seiner Fühler einzog, bewegte er einen roten Streifen so, daß dessen zugespitztes Ende auf ihn selbst gerichtet war. Er wartete. Sie brachte einen Akkord zustande. Der Sigmant wiederholte ihn. Der Streifen drehte sich und zeigte auf sie. Sie ließ ertönen, was sie für das Wort »Frau« gesetzt hatte, und hörte es von ihm wiedergegeben.

Eine Sekunde lang wurde es ihr schwarz vor den Augen. Schluchzend erholte sie sich von der beinahe eingetretenen Bewußtlosigkeit. Aber sie weinte, weil es so herrlich war: Nach drei Jahren war der Fremde bereit, an der Erschaffung einer gemeinsamen Sprache mitzuwirken.

Yvonne wandte sich um, als die anzugverhüllte Gestalt ihres Kollegen hereinschwebte. *Verdammt!* war ihre erste Reaktion. In der Hitze ihrer Errungenschaft hatte sie doch tatsächlich vergessen, daß Wang Li dazukommen sollte. Dann kam es ihr zu Bewußtsein, daß sie vor innerer Spannung zitterte, und daß der Schweiß, der ihren Arbeitsanzug durchtränkte, einen undamenhaften Geruch verströmte.

Vielleicht war dem Sigmanten eine Pause auch ganz recht. Er steckte den optischen Projektor zwischen zwei Stangen, die sich in zwei vollendeten Schneckenlinien vom Deck erhoben, und schwebte in das Blumendickicht. Schließlich begannen die Blätter zu schwanken und zu rascheln: Er hatte, wie schon oft, einen Ventilator auf sie gerichtet.

Yvonne hielt sich nicht mit der Frage auf, warum. Mit unsicheren Fingern sammelte sie ihre Notizen zusammen. Sie schwebte zum Geräusch-Aufnahmegerät und schaltete so daran, daß auf dem Projektionsschirm nacheinander die Phonogramme der Wörter erschienen.

»Guten Tag, Doktor Canter.«

Ihre Erbitterung verflüchtigte sich. Sie konnte nicht aus ihrer Haut, nicht einmal vor diesem Mann, den sie nicht mochte. Er hatte den Raumanzug abgestreift und hing jetzt dicht bei ihr, wobei er sich leicht an einem Handgriff festhielt. Ihre Arme legten sich um ihn, fast riß sie ihn damit von dem Griff los. Sie schrie ihm ins Ohr: »Ich hab's geschafft! Wir haben gewonnen! Wir haben den Schlüssel!«

»Was?« Seine gewohnte Unbeweglichkeit fiel so weit von ihm ab, daß seine Augen groß wurden und sein Mund sich öffnete. »Sind Sie sicher?«

Sie ließ ihn los. »Zehn Wörter in dieser vergangenen Stunde!« plapperte sie. »Wir sind sie wieder und wieder durchgegangen, um uns zu vergewissern, daß kein Mißverständnis vorliegt. Sehen Sie hier, nein, hören Sie zu, ich spiele Ihnen das Band vor! Sie können dabei auf meine Notizen und die Phonogramme sehen — hier, Bilder von sieben verschiedenen Männern verschiedener Hautfarbe mit verschiedenem Körperbau in verschiedener Kleidung ... selbst der Sigmant kann sie nicht verwechseln ... und jedesmal bekam ich das gleiche Wort zu hören: ›Mensch-männlich‹ ...« Die Klemmschreibunterlage glitt ihr aus dem Griff und wirbelte außer Reichweite.

Wang holte sie sich. Er blätterte durch die Notizzettel und runzelte vor Konzentration die Stirn. *Vielleicht ganz gut, daß er so ein kalter Fisch ist,* dachte Yvonne, während sie sich langsam beruhigte. *Wenn er jemand wäre, der zu feiern versteht, dann hätte ich . . . vielleicht alles mögliche gemacht. Und wir haben noch eine lange, schwere Sitzung vor uns, in der wir jede einzelne Gehirnzelle brauchen.*

Sie musterte ihn. Er war Nordchinese und daher größer als sie, wenn auch von schlankem Körperbau. Nach Art seines Landes glattrasiert, wurde sein Gesicht von starken Kinnladen und einer starken Nase bestimmt. Darüber erhob sich eine hohe Stirn unter kurzem grauem Haar. Ungeachtet des freien Falls hielt er sich in der graubraunen Halbuniform, die unter Beamten der Volksrepublik üblich war, kerzengerade. Er war kein einfacher Professor an der Universität Peking. Die Regierung hatte seine Forschung auf dem Gebiet dessen, was »Sprachtherapie« hieß, mehr deshalb unterstützt, weil die Ergebnisse dazu beitragen konnten, Tibeter, Mongolen und andere Minderheiten zu schlucken, als wegen ihres möglichen Wertes bei der Behandlung geistiger Krankheiten. (Yvonne nahm immerhin an, daß er damit auf Heilbehandlung hinaus gewollt hatte.)

»Wundervoll, falls wahr«, sagte er nach einiger Zeit. Sein Englisch war fließend, der Akzent geringfügig. »Ich beabsichtige selbstverständlich keine Unhöflichkeit. Aber wir hatten schon öfter trügerische Hoffnungen. Der Sigmant hat den Anschein erweckt, daß er zur Zusammenarbeit bereit sei, aber nach einigen Minuten verschwand er dann für Stunden, und er hat uns ausnahmslos innerhalb einiger Tage fortgeschickt.«

»Genau«, antwortete Yvonne. »Ich habe eine volle Stunde gehabt. Und zum erstenmal sind, wie ich schon sagte, die Ergebnisse wiederholbar. Er nimmt jedes Wort an, das ich in Verbindung mit einem bildlichen Begriff spiele, und wiederholt dieses Wort, sobald der Begriff wieder vorgezeigt wird. Bisher hat er immer versucht, uns eines seiner Wörter zu lehren, ist aber sehr schnell verschwunden, wenn wir diese Lautsilben zu wiederholen versuchten. Und unsere Versuche, lautliche oder bildliche Symbole aufzustellen, haben ein noch trostloseres Ende genommen. Bisher! Ich sage Ihnen . . . Warten Sie! Er kommt zurück! Sie werden ja sehen.«

Der Sigmant trug einen schillernden, eiförmigen Gegenstand, den er an einer Stange neben der Kuppelwand befestigte. »Ich habe dieses Ding schon gesehen«, sagte Wang. »Wenn auch schon eine Weile nicht mehr. Ich glaube, es ist ein Aufnahmegerät.«

»Ja, sicher. Er hatte es wohl schon aufgegeben, sich noch mit uns zu verständigen. Aber da wir jetzt eine gemeinsame Sprache aufbauen können, muß er sich natürlich Notizen machen.«

Yvonne und der Sigmant gingen wieder an die Arbeit. Wang Li schwebte regungslos in der Luft und sah zu. Die Kameras filmten nichts Dramatisches – Austausch von Lauten; Frau, Bilder hochhaltend; Nichtmensch, erkennbare Nachahmungen projizierend –, denn was sich ereignete, war für Dramatik zu groß.

Nach zwei weiteren Stunden hatte der Sigmant offensichtlich für eine Weile genug und zog sich zurück. Yvonne hatte nichts dagegen. Sie fühlte sich wie ausgewrungen. Sie ging in die Sanitärkabine, zog sich aus, rieb sich mit einem Schwamm sauber und zog einen frischen Arbeitsanzug an. Als sie herauskam, sah sie, daß Wang die Rationsbehälter geöffnet und begonnen hatte, sie an dem Glüher zu wärmen. Er hielt für sie schon eine Schnabelflasche mit Kaffee bereit.

»Danke.« Der Kaffee wärmte und entspannte sie. Sie schnallte ihren Körper locker an und streckte sich aus.

»Schade, daß wir keinen Sekt haben«, sagte er lächelnd.

»Ich trinke eigentlich selten. Eine Zigarette – das wär's, was ich jetzt gebrauchen könnte. Tabak, meine ich, kein Marijuana.«

»Da sind wir uns ähnlich.« Wangs Blick war fest auf sie gerichtet. »Möchten Sie erklären, wie Ihnen Ihre Leistung gelungen ist? Es scheint wirklich, als hätten Sie es geschafft, und ich möchte Ihnen von ganzem Herzen gratulieren.«

Tief drinnen ist er menschlich. Vielleicht kam dieser Gedanke mit dem Triumph und mit der Notwendigkeit, auszuspannen, zusammen. Sie stand ihm jedenfalls freundlicher gegenüber, als es sonst der Fall gewesen wäre. Und außerdem waren sie eben allein in diesem fremdartigen, stillen Raum.

»Ja, sicher.« Sie nahm einen Schluck. »Nur . . . na ja, ich bin müde und etwas durcheinander. Darf ich auf Kindergarten-Ebene bleiben und Ihnen auch das noch einmal sagen, was Sie so gut wie Ihren Namen wissen?«

»Das wird unter Umständen sogar das Beste sein.«

»Erstens kann ich aufzeigen, daß wir bei unseren früheren Übersetzungsversuchen zu schnell ›gesprochen‹ haben. Die Häufigkeit, mit der erkennbare Kombinationen in den Äußerungen des Sigmanten wiederkehren, entspricht etwa dem halben Durchschnitt menschlicher Sprache. Vielleicht denkt er wirklich langsamer, wenn auch tiefgründiger als wir. Aber selbst wenn ich mich da irre, muß unser vergleichsweises Maschinengewehrgeschnatter auf jeden Fall verwirrend und ärgerlich für ihn sein. Die Verwirrung könnte er überwinden – den Ärger nicht. In der Tat habe ich den Verdacht, daß wir ihm geradezu Schmerz zugefügt haben.«

Wang, der angefangen hatte zu essen, verhielt seine Hand auf halbem Weg zum Mund.

Yvonne nickte. »Ihre Leute hören westliche Sprachen als hartes Stakkato, meine hören Chinesisch als hohen Singsang«, sagte sie. »Nicht allzu angenehm, bis man sich daran gewöhnt. Bei der Musik ist es noch klarer. Mir gefällt ja chinesische Musik, wie Sie vielleicht Freude an meinem geliebten Beethoven haben; aber für viele meiner Landsleute wären chinesische Konzerte eine Qual. Wir brauchen aber nicht einmal über die Grenzen einer einzigen Gesellschaft hinauszugehen. Ich finde Amerikas populäre Musik von heute einfach nur banal. Aber ich habe Aufnahmen von, äh, vor fünfzig Jahren gehört. Wenn ich jetzt einen Abend lang still sitzen und diesem Zeug zuhören müßte, wäre das für mich wortwörtlich eine Folter.

Ich bin also zu der Überzeugung gelangt, daß der Sigmant unsere plumpen Versuche, seine Art von Tönen nachzuahmen, einfach nicht aushält. Menschliche Sprache wäre ebenso unerträglich gewesen. Verständigungsversuche mit bildlichen Symbolen sind aus ähnlichen Gründen gescheitert. Unsere Zeichnungen, unser Alphabet sind zu häßlich, vielleicht zu eckig. Vielleicht hätten wir es mit chinesischen Schriftzeichen versuchen sollen.«

Wang runzelte die Stirn, während er sich den verzögerten Leckerbissen einverleibte. »Würde eine so furchtbar empfindliche Seele denn den interstellaren Weltraum durchqueren?« fragte er endlich.

»Wir kennen seine Psychologie nicht. Nehmen Sie einmal an, daß er bei dem Versuch, mit uns zu reden, ständig Geräusche gemacht hätte, als ob ein Fingernagel auf einer Schultafel kratzt – oder Töne unterhalb der Hörschwelle, die Angstreaktionen hervorrufen. Viele Menschen hätten das nicht ausgehalten.

Ich gebe zu, Sie haben ein gutes Argument vorgebracht, Professor Wang. Es ist so gut, daß vor mir keiner auf den Gedanken kam, es in Zweifel zu ziehen. Oh, vielleicht dreht sich die Frage nicht um echten Schmerz. Die Schwierigkeit liegt, wie ich schon sagte, vielleicht nur darin, daß wir ihn verärgern. Vielleicht geht der Sigmant beleidigt weg, weil wir so gräßliche Mißtöne von uns geben. Deshalb habe ich mir die Bänder und Phonogramme noch einmal angesehen und auf musikalische Regeln hin analysiert.

Ich konnte sehen, daß wir es falsch angefangen hatten. Wir können eine Tonfolge aufzeichnen und mit hoher Klangreinheit abspielen. Doch die sigmantische Grammatik funktioniert nicht, indem man Begriffe aneinanderreiht. Nebenbei ist die Methode hoffnunglos langsam und umständlich. Später haben wir versucht, eine künstliche Sprache zu schaffen, wobei der Synthetisierer sigmantische Vokabeln hervorbrachte. Nur haben wir jeden Zusammenhang mißverstanden. Das Ergebnis war ebenso schlimm – so ärgerlich oder geradezu schmerzhaft –, als wollte ein Taubstummer singen. Oder wahrscheinlich noch schlimmer.

Also habe ich von vorn angefangen. Der Computer hat mir dabei geholfen, eine Umgangssprache zu entwerfen, die den Grundregeln der Harmonie gehorcht, aber für den Synthetisierer nicht zu kompliziert ist. Und ich kann damit nicht ganz schief liegen ... weil ja der Sigmant daran arbeitet, diese Sprache zu lernen!«

Wang hing eine lange Weile still da, bevor er nickte. »Wirklich wundervoll.« Sein Lächeln schien nicht weiter zu gehen als bis zu den Zähnen. Nun, ohne Zweifel spürte er eine gewisse Eifersucht – wenn nicht aus persönlichen Gründen, dann stellvertretend für sein Land.

»Oh, ich sehe da etwas auf mich zukommen«, gestand

Yvonne. »Das ist doch alles sehr neu. Was ich bisher habe, sind etwa hundert Ding-, Tätigkeits- und Eigenschaftswörter, die sich durch bloßes Zeigen umreißen lassen. Ich habe eine Pidgin-Grammatik skizziert, die einfachste und unzweideutigste, die ich in kurzer Frist erfinden konnte. Wir werden uns vortasten müssen — aber voran kommen wir!«

Der bestehende Wortschatz war bald ermittelt, und einige Versuchssätze wurden zusammengefügt. Das ging nicht ganz so gut. Vielleicht kannten die Sigmanten nichts, das einem Satz entsprochen hätte. Doch am Ende projizierte der Nichtmensch seine geisterhaften Skizzen als Trickfilm und fügte den abgebildeten Handlungen die passenden Worte hinzu. »Mann geht. Männer gehen. Sigmant geht. Männer und Sigmanten gehen. Planet kreist. Planet dreht sich. Blauer Planet dreht sich. Grüner Planet dreht sich. Blaue und grüne Planeten drehen sich und kreisen.«

Wang sah zu, studierte ihre Notizen, machte gelegentlich einen Vorschlag, hielt sich meist im Hintergrund.

Am dritten Tag schickte der Sigmant die Erdlinge weg. Das Zeichen war ein Trillerton. Nach den ersten beiden Malen, als ein allmähliches, aber unaufhaltsames Absinken des Luftdrucks erfolgt war, hatten die Menschen begriffen.

»Mir tut's nicht leid, um ehrlich zu sein«, sagte Yvonne. »Ich habe den Verdacht, er möchte ruhen und nachdenken. Und ich könnte eine Ruhepause auch vertragen.«

»Sie verdienen eine«, erwiderte Wang tonlos.

Ihr jeweiliges Raumfahrzeug holte sie auf ein rotes Flakkersignal hin ab. Yvonne nahm die Aufzeichnungen mit — Filme, Bänder, Rollen von zwanzig verschiedenen wissenschaftlichen Instrumenten —, weil ein Amerikaner an der Reihe war, dies zu tun. Die Regelung kam ihr lächerlich vor, da dieses ganze Material doch sofort den öffentlichen Datenbanken zur Verfügung gestellt wurde.

Oder ist »lächerlich« das richtige Wort? drang es momentan durch ihre frohe Stimmung. *Die Abmachung an sich bedeutet nichts. Doch als Symbol überholter Gedanken in diesem Zeitalter, in dem die Menschen eine Welt hochjagen können — das heißt, als Zeichen tödlicher Gefahr? Ich weiß nicht!*

4

Hinter dem Schreibtisch, der Wang so breit und glasig vorkam wie der Explosionskrater einer Fusionsbombe, setzte sich General Tschu aufrecht. »Sie haben nicht einmal unverzügliche Übermittlung ihrer Berechnungen verlangt?« rief er.

Wang senkte den Kopf. »Nein, Genosse General«, sagte er kläglich. »Es ... ist mir nicht in den Sinn gekommen. Sie hat versprochen, das Material bald zu schicken. Aber es befindet sich in ihrer Wohnung, wo sie ihr Arbeitszimmer hat, und ... ohne Zweifel werden ihre Vorgesetzten sie für eine Weile auf der Basis festhalten ... und die Journalisten, wenn man bedenkt, welche Sensation die Nachricht sein muß ...«

»Das ist sie.« Tschus Tonfall war grimmig. Sein breites Gesicht zeigte selten allzu viel Ausdruck, aber jetzt war der Ausdruck finster, und er trommelte auf der Tischfläche herum. Seine uniformierten Schultern versperrten Wang die meiste Sicht aus dem Fenster. Die blaue Sommerluft der Erde, der Anblick grüner Bäume und der hochragende Bogen eines Tempeldachs auf dem Hügel der Schönen Aussicht waren unendlich weit entfernt. Ein Luftzug, der hereingestrichen kam, hatte irgendwie an Frische verloren und brachte nichts als das endlose Murmeln des Pekinger Verkehrs.

»Genosse Professor, Sie sind mehr als die meisten im Ausland gewesen, haben freien Zugang zu ausländischen Veröffentlichungen und Programmen.« Tschu bellte plötzlich: »Sie sollten nicht naiv sein! Dieses Raumschiff ist für jede Waffe, die wir kennen, total unverwundbar; es ist unmeßbar schneller, völlig manövrierfähig, ganz und gar unabhängig von der Außenwelt, es versorgt sich selbst. Mit seinem Photonenantrieb kann es jeden Landstrich mit der Genauigkeit eines Skalpells in Schutt und Asche legen. Meinen Sie etwa, das ist den kapitalistischen Ländern nicht ebenso aufgefallen?«

Tschu stach mit der Zigarette zu wie mit einem Bajonett. »Es ist sogar vorstellbar, daß der Sigmant böse Absichten im Schilde führt, oder daß er sich von den Amerikanern zu bösen Absichten überreden läßt. Nein, lassen Sie mich ausreden! Die Gesetze von Marx, Lenin und Mao müssen einfallsreich und nicht engherzig ausgelegt werden. Nehmen wir an, die Rasse des Sigmanten hat das Schiff gar nicht gebaut. Nehmen wir doch an, diese Kreatur ist eine Art Pirat, der das Fahrzeug gestohlen hat, nachdem die vertrauensvollen Eigentümer ihn in seinem Gebrauch unterwiesen haben! Hat es nie einen Anflug von Mißtrauen in Ihnen geweckt, daß jemand jahrelange Reisen ganz allein unternimmt?«

»Falls er allein ist.«

»Falls nicht, warum haben seine Gefährten sich nie gezeigt? Aber wie dem auch sei – setzen Sie Ihre ganze Energie daran, die neue Sprache zu meistern«, sagte Tschu. »Wenn wir mit den Amerikanern in dieser Hinsicht Schritt halten können – oder besser, wenn wir sie überflügeln können –, dann werden sie weder uns noch dem Sigmanten etwas vormachen können.«

»Aber es ist eine künstliche Sprache«, wandte Wang ein, und bisher gibt es sie erst in Anfängen.«

»Dann müssen Sie bei ihrer weiteren Entwicklung eine führende Rolle spielen.«

»Hm . . . ja. Ich vermute mit der gebotenen Bescheidenheit, daß ich in ihrer tatsächlichen Anwendung bewanderter sein werde als jeder andere. Dr. Canter ist brillant, aber ihr Genie liegt in der Theorie. Ihr fehlt meine praktische Erfahrung mit mehreren Sprachen. Serow, Duclos und . . .«

»Ah ja. Ah ja.« Tschu entdeckte Eifer in der Stimme des Professors. »Am Ende sind Sie vielleicht imstande, mit dem Sigmanten ein vertrauliches Gespräch zu führen – wenn zum Beispiel dem, was gesagt wird, niemand sonst folgen kann –, und ihm die Tatsachen auseinanderzusetzen.« Er zügelte sich. »Aber alles zu seiner Zeit. Das unmittelbare Erfordernis besteht daraus, vollständige Informationen zu erlangen. Können Sie die Canter anrufen und sie bitten, ihr Material sofort zu schicken, gleichgültig, wie chaotisch es aussieht?«

»Ich kann es versuchen«, sagte Wang zweifelnd. »Vielleicht haben es ihre Vorgesetzten bereits verboten. Oder falls nicht – sie ist, glaube ich, in ihrer spröden Schale eine sehr verwundbare Person. Vielleicht hat sie etwas dagegen, jemandem unordentlich hingekritzelte Notizen zu zeigen.«

Er machte eine Pause. »Nebenbei, könnte ein Anruf nicht übereifrig aussehen?«

Tschu zog an seiner Zigarette. Zögernd stimmte er zu. »Vielleicht.« Er drückte den Stummel in einem übervollen Aschenbecher aus.

»Offen gesagt, Genosse General«, fuhr Wang mit mehr Nachdruck fort (denn bei dem Gedanken, wie großartig er sich bald wissenschaftlich austoben konnte, war es ihm möglich, die Wahnsinnsideen des Mannes zu vergessen). »Ich glaube nicht, daß es darauf ankommt. Sie hat mir die wesentliche Information gegeben, meine eigenen Notizen sind peinlich genau, und mein Büro hat Vervielfältigungen der letzten Aufzeichnungen erhalten, wie es der Abmachung entspricht. Dr. Canter hat ganz offen mit mir gesprochen, oft sogar unnötig ausführlich. Uns fehlt nichts als ihre genaue mathematische Analyse – und die Regeln, die sich daraus ableiten. Sie bemerken wohl, daß der Einblick das Entscheidende ist. Jetzt, da wir wissen, worauf zu achten ist, bin ich sicher, daß wir zu ihren Ergebnissen in zwei oder drei Wochen auch kommen können. Jeder tüchtige Analysefachmann, der Zugang zu Computern hat . . .«

»Ausgezeichnet!« Jetzt strahlte Tschu tatsächlich. »Arbeitsräume werden Ihnen gleich hier im Haus freigemacht, ebenso Schlafquartiere. Fordern Sie an, was und wer Ihnen in den Sinn kommt.«

»Ja. Ich werde sofort anfangen.«

»Gut«, sagte Tschu. »Wir haben Glück, daß Sie auf unserer Seite stehen. Sagen Sie, haben die Amerikaner noch jemanden, der einen Vergleich mit dieser Canter aushält?«

Überrascht durchforschte Wang sein Gedächtnis. »Schwer zu sagen. Sie haben außerordentlich fähige Männer. Lewinsohn, Hillman, Wonsberg . . . Immerhin, die Talente und Fähigkeiten weichen voneinander ab. Zum Beispiel hat Hillman ein schwaches Herz; ihn können sie nicht in den Weltraum schicken. Im Licht dessen, was Dr. Canter zuwege gebracht hat, wage ich zu sagen, daß sie dort die treibende Kraft bleibt. Weshalb fragen Sie?«

»Wie wohlmeinend sie selbst auch sein mag«, sagte Tschu, »sie untersteht den Imperialisten. Wir haben davon gesprochen, dem Sigmanten die Wahrheit über den Imperialismus zu sagen. Meinen Sie, daß die Chance, dies ohne Störungen zu tun, in Dr. Canters Abwesenheit größer wäre?«

Der Mann, der sich Sam Jones nannte, lehnte sich über den Tisch. »Sie wissen ja, was eine Menge Leute denken«, sagte er. »Wir können dem Sigma-Ungeheuer nicht trauen. Das dürfen wir gar nicht. Im Vergleich dazu sind die Schlitzaugen noch unsere Brüder. Himmelherrgott, dem Biest tropft doch die Scheiße aus dem ganzen Körper!«

»Ja, hab' mir auch schon meine Gedanken gemacht«, grollte Nick Waller.

»Und dann diese Canter. Auf dem Bildschirm, in den Zeitungen, überall, Sie müssen's gehört haben. Die hat entdeckt, wie man mit dem redet.«

»Ich hab's gehört.«

Das Zimmer war von Nacht umgeben. Obwohl die Stunde spät war, drang eine Vibration durch, der gewaltige Lärm der Superstadt. Der Lichteinfall des Fluoros über ihnen hüllte Jones' hageres Gesicht in Schatten. Er rückte den Aktenkoffer auf seinen Knien zurecht.

»Dem muß ein Ende gesetzt werden«, sagte er. »Das sehen Sie wohl ein. Wenn wir nicht versuchen, mit dem Ding zu reden, läßt es uns vielleicht in Ruhe. Ich weiß ja nicht, was es für Pläne hat, aber es muß wohl erst mit uns reden, um sie zu verwirklichen? Nicht wahr? Sonst könnte es doch einfach mit dem großen Flammenwerfer an unseren Planeten rangehen. Es braucht menschliche Einfaltspinsel und Werkzeuge.«

Waller zog an seiner Zigarre und ließ den Rauch so langsam heraus, daß er seine Augen verhüllte. »Kann sein«, sagte er. »Worauf wollen Sie hinaus?«

»Ich sage nicht, daß das Vorhaben ohne die Canter stillsteht«, antwortete Jones, »aber behindert wäre es. Und wir müssen ja irgendwo anfangen.«

Waller machte eine unbestimmbare Bewegung. »Wer sind Sie überhaupt? Ich weiß nur, daß Luigi gesagt hat, ich wäre daran interessiert, mit Ihnen zu reden. Wie kommen Sie an ihn?«

»Das soll Ihre Sorge nicht sein«, sagte Jones. »Keine

Angst wegen Luigi. Jeder hat doch hundert verschiedene Verbindungen. Ich hätte Sie ausfindig machen lassen und diese Verabredung dann über, äh, Ihre Mutter treffen können. Die würde ein Dienstmädchen kennen, das für einen Bankier arbeiten würde, der ein Freund eines Vetters von mir wäre. Merken Sie?«

Waller grunzte.

»Was ich will, ist Hilfe von einem Profi«, sagte Jones. »Ich habe einen Auftrag für Sie, der leicht auszuführen ist, falls Sie ihn haben wollen. Und hier im Aktenkoffer ist das Geld, für das Sie's hoffentlich tun werden. Mehr kommt, wenn der Auftrag ausgeführt ist.«

Waller setzte sich zurück und hörte zu. Er war nicht beunruhigt und kaum neugierig. Er mußte sich vergewissern, daß dieser Jones, wie immer sein richtiger Name lauten mochte, kein Polizeiagent war; aber das war nicht schwer. Auch sollte es wohl nicht schwer sein, seine Spuren so zu verwischen, daß die Bullen Nick Wallers Firma nicht das geringste nachweisen konnten, falls Jones plauderte.

Na schön, Jones war nicht ganz dicht. Was sollte es, wenn er den Kies hatte, um für seine Launen zu bezahlen? Unter so vielen Matschgehirnen, wie es heute gab, mußten gut und gern auch ein paar Reiche sein.

Natürlich würde Waller nicht zusagen, ohne seinen Astrologen um Rat zu fragen. Aber das Horoskop mußte schon ziemlich übel sein, um ihn davon abzubringen — ihn, der ein spezialgefertigtes Amulett des Zauberers vom nächsten Straßenblock bei sich trug.

»Sprechen Sie weiter«, sagte er. »Wohlgemerkt, ich bezweifle, daß ich Ihnen selbst helfen kann. Aber vielleicht kann ich Ihnen einen oder zwei Namen geben.«

So wurde das immer gemacht. Die Revolutionäre hatten die Altdenker nicht zu Fall gebracht — eine Generation Kleinkrieg hatte die Revolutionäre zermürbt. Aber sie hatten die Aufmerksamkeit der Unterwelt auf eine Menge gute Ideen gelenkt; zum Beispiel neue Waffen und Schutzvorrichtungen und Organisation in Zellen. Nick Waller hatte selbst zu den Hochschul-Rebellen gehört.

5

Yvonne ging auf den Eingang der Haus-Stadt zu. Ein Wachtposten näherte sich und legte die Hand an seine Mütze. »Guten Abend, Dr. Canter«, sagte er befangen. »Willkommen zu Hause.«

»Oh, hallo, Sergeant Bascomb. Geht's Ihnen gut?«

»Danke, gnädige Frau, danke. Machen Sie sich keine Sorgen. Kam einem manchmal so vor, als wenn 'ne Million Leute Sie in Ihrer Wohnung besuchen wollten, aber wir haben sie schon an die Kandare genommen, und bei uns gibt's keinen Mann, der sich nicht vorgenommen hat, über Ihre Sicherheit und Privatsphäre zu wachen.«

»Das ist sehr nett von Ihnen.« Yvonne zitterte im Wind.

»Äh ... Ich hab' eine Frage. Ich hab' da diesen Bengel, zwölf Jahre alt, der ist ganz wild auf den Weltraum. Er hält eine Menge von Ihnen, wo Sie das jetzt gemacht haben. Würden Sie vielleicht ...?« Der Wachmann streckte ihr einen Notizblock hin.

Yvonne lächelte gequält. »Aber sicher.«

Der Wachmann fügte einen Kugelschreiber hinzu. »Er heißt Ernest. Ernest Bascomb.«

Als sie im Haus war, stieß Yvonne einen Seufzer aus. Sie war zu müde, um noch mehr zu denken als: *Jetzt kann ich allein sein!*

Sie brauchte die Haus-Stadt nicht zu verlassen; das Haus war eine vollständige Gemeinde. Sie brauchte sich nicht einmal in den Restaurants, Läden, Theatern, Kirchen, Schulen, Erholungsflügeln der Haus-Stadt anstarren zu lassen. Was sie haben wollte, konnte sie bestellen und sich durch den Lieferschacht kommen lassen; und was sie geistig brauchte, konnte ihr auf den Bildschirm projiziert oder mit der kleinen Fernkopiermaschine für sie vervielfältigt werden. *In zwei, drei Tagen gebe ich eine Party. Ein ruhiges kleines Abendessen, ein Gespräch über unbedeutende Dinge und vielleicht* (sie mußte kichern) *vielleicht zur Belohnung eine Partie Scrabble.* Ihre Freunde lehnten es schon lange ab, mit ihr zu spielen, weil sie immer verloren.

Ein Fahrstuhl, ein Förderband, noch ein Fahrstuhl, ein Korridor, ihre Tür. Nach dem System, das hier angewandt wurde, hatte der Chef-Wachmann den einzigen magnetischen Schlüssel dazu. Yvonne legte ihre Handfläche gegen eine elektronische Prüfscheibe. Die Tür vergewisserte sich, daß sie zu denjenigen gehörte, für die sie aufzugehen hatte, und gehorchte.

Als die Tür wieder ins Schloß geglitten war, schickte sie ihre Kleidung einschließlich dessen, was sie trug, die Reinigungs-Gleitbahn hinunter. Dann packte sie aus, was sonst noch in ihrer Reisetasche war, und räumte es auf. *Zwanghafte Ordentlichkeit,* dachte sie. *Am liebsten hätte ich das Ding auf den Boden geworfen.*

Sie programmierte die Küche für eine einfache Mahlzeit. Obwohl sie an ihr Essen Ansprüche stellte und eine ausgezeichnete Köchin war, fühlte sie sich heute abend nicht danach. Als nächstes ließ sie sich unter der Dusche von heißem Wasser berieseln. Als sie in einem wolligen Gewand herauskam, fühlte sie sich viel fröhlicher.

Ihr Zeitgefühl hatte funktioniert – wie immer. Eine halbe Stunde noch bis zum Abendessen. Weil ihre Schleimhäute nicht ganz in Ordnung waren, entschied sie sich dafür, Entspannung bei einem Martini statt bei einer Marihuanazigarette zu suchen. Und weil das Wasser sie köstlich faul gemacht hatte, verzichtete sie auf Beethovens Neunte und wählte am Bestellschaltbrett der Stereo-Anlage Schuberts Forellenquintett.

In einem bequemen Sessel zurückgelehnt, inmitten von vertrauten Möbeln, Teppichen, Büchern, Vorhängen und Bildern, einem Fenster gegenüber, das eindrucksvolle Türme umrahmte, lauschte sie der Musik. Bei jeder leichten Bewegung veränderte sich das weiche Sesselpolster unter ihr, um sich ihren Körperformen anzupassen.

Ja, das Leben ist im großen und ganzen schön. Diese letzten zwei Jahre mit Cy, als wir wußten, daß wir uns auseinanderlebten, es verhindern wollten und doch nichts dagegen tun konnten, uns nur stritten ... der endgültige Bruch ... Das hat weh getan. Sehr weh. Doch das ist vorbei; zurück will er nicht und ich auch nicht. Ob wir mit der Zeit vielleicht Freunde werden? ... Wahrscheinlich kommt mal ein anderer, verständnisvoller als Cy, und hoffentlich hat mein Verständnis auch etwas zugenommen; hoffentlich weiß ich dann, wie man nicht nur nimmt, sondern auch gibt ... M-m-m, diese Nudelsoße riecht großartig ...

An der Tür läutete es.

Was denn? Die Wachmänner sollten doch niemanden an sie heran lassen!

Na ja, sie konnten nicht die Nachbarmieter kontrollieren. Obwohl die Familien hier in der Regel Abstand hielten, kannte sie einen Teil ihrer Nachbarn. Ihre Lippen preßten sich aufeinander. Wie konnte sie jetzt einem wohlgemeinten Besuch entgehen?

Es hörte nicht auf zu läuten. *Könnte dringend sein. Wenn nicht, sage ich, daß ich Migräne habe.* Seufzend zog sich Yvonne hoch und ging zum Bildschirm. Sie drückte den Sichtknopf.

Während das Gesicht, das starkknochig und rundwangig auf dem Bildschirm erschien, ihr nicht bekannt war, trug der Körper eine blaue Eisenhower-Uniform. »Was wünschen Sie?« sagte Yvonne. »Ich habe doch darum gebeten, mich nicht zu stören.«

»Ich weiß, Dr. Canter«, war die barsche Antwort. »Ich hab's im Wachraum am Anschlagbrett gelesen, und es tut mir leid. Äh, es ist da nämlich was Besonderes. Ein paar von uns Wachmännern, wir haben beschlossen, daß wir Ihnen unsere Anerkennung ausdrücken wollen, wo wir doch hier im selben Haus leben und arbeiten wie Sie. Nichts Ausgefallenes. Wir wissen, Sie sind müde und wollen keinen sehen. Es ist bloß — wir können das nicht mit der Post schikken, weil's nicht erlaubt ist, sowas in ein Paket zu stecken; und 'ne Lieferkapsel kommt uns irgendwie so ... so kalt vor.« Er hielt einen Karton Marihuanazigaretten mit Geschenkband hoch. »Das ist doch Ihre Marke, nicht, gnädige Frau? Gold von Kuba? Ich bleib keine Minute da. Muß selber nach Hause.«

»Ja ... oh, wie rührend. Sie sind wirklich zu reizend.«

Soviel Pot rauche ich im ganzen Jahr nicht zusammen. Aber warum soll ich Sie kränken? Das ist eine teure Mischung. Yvonne drückte den Einlaßknopf. Die Tür glitt zur Seite, der Mann trat herein, die Tür schloß sich wieder.

Er schleuderte den Karton beiseite und zog die Pistole, die er an der linken Hüfte trug. Es war kein Betäubungs-

Nadelstrahler, es war eine Achtunddreißiger Automatik, und die Mündung war auf sie gerichtet. Sie stolperte rückwärts. Ein halblauter Schrei brach aus ihr heraus.

»'tschuldigung, die Dame«, sagte der Mann geschäftsmäßig. »Wollen Sie 'n Gebet sprechen?«

»Nein ... nein ... gehen Sie weg ...« Yvonne wich zurück. Sie war kaum fähig, die Worte zu flüstern. Ihre Hände hoben sich, als wollten sie sein Geschoß abwehren. Er folgte. Seine Kühle war der Gipfel des Schreckens.

»Nichts Persönliches«, sagte er. »Bin auf Sie angesetzt worden, das ist alles. Weiß nicht, von wem. Vielleicht einer von diesen Querköpfen, die's auf jeden Berühmten abgesehen haben. Jetzt hören Sie, ich hab' nicht viel Zeit.«

Yvonne blieb in der Mitte des Wohnzimmers stehen. Er ebenso. Plötzlich wurde die Geräumigkeit, die sie geliebt hatte, zur Endlosigkeit. Eine graue Unendlichkeit aus Teppich erstreckte sich um sie und ihn her, zu Wänden hin, die unwirklich geworden waren wie entfernte Milchstraßensysteme. Jedes Ein- und Ausatmen war ein Schluchzen. Die Musik war blechern geworden. Sonst gab es kein Geräusch, kein Leben, keine Hilfe, nichts. Ihre abgesperrte, schalldichte, automatisierte Festung schloß sie von der Außenwelt ab.

Sie machte einen Moment des Wirbels und der Nacht durch.

Als sie daraus auftauchte, fand sie, daß ihre Intelligenz klar und schnell arbeitete. Darunter wühlte der Schrecken — *das kann doch nicht mir passieren. MIR, Yvonne Philippa Berdt Canter, die alle in ihrer Familie lieben, die mit einem Wesen von den Sternen gesprochen hat — ein andermal, ja ein andermal, weiter weg und nebelhafter als diese Wände — doch nicht an diesem Abend, diesem Abend, an dem die Möbel so solide sind und meine Nase gewöhnliche Kochdünste ebenso wie den Gestank meines leichenkalten Schweißes atmet ...* Aber sie wußte mit maschinengleicher Ruhe, daß sie nichts zu verlieren hatte, und hörte sich fragen:

»Was kann ich Ihnen geben, damit Sie mich leben lassen?«

»Nichts«, antwortete der Mann in Blau. »Ich würde hinterher zu bald selbst tot sein.«

»Zehn Minuten? Fünf?«

»Ich hab' gesagt, Sie können beten, wenn Sie wollen.«

»Ich will es nicht. Ich will leben. Mein Leben hat sich zu lange in meinem Kopf abgespielt. Ich habe meinen Körper zu lange verleugnet.« Sie ließ ihr Gewand auf den Boden fallen und streckte ihre Arme aus. »Nehmen Sie sich so lange Zeit, wie Sie wollen«, sagte sie.

»Hä?« Die Pistole zuckte in seiner Hand. »Haben Sie 'ne Macke?«

»Nein. Ich erkaufe mir zweierlei – noch etwas mehr Leben und etwas, um es auszufüllen. Zum Schlafzimmer geht es dort lang.« Yvonne drehte sich um und hastete über den Teppich. Ihre Schulterblätter schmerzten vor gespannter Erwartung: schlug jetzt eine Kugel zwischen ihnen ein? Seine Schrittgeräusche kamen ihr langsam nach. So verwirrt er auch sein mochte, er wußte, daß es keine Hintertür nach draußen gab.

Yvonne rannte in die Küche. Sie zog den Vorhang hinter sich zu und riß eine brodelnde Soßenpfanne vom Herd. Der rundbackige Mann schob den Vorhang zur Seite. Sie schleuderte ihm die Pfanne ins Gesicht und ließ sich zu Boden fallen.

Die Pistole krachte wie der jüngste Tag. Sein Schrei übertönte das Krachen. Er torkelte zurück und betastete seine Augen. »Du Sau . . .« Sie packte die fallengelassene Pistole und folgte ihm. Er stand schwankend da. Nudeln tropften grotesk von seinem knallroten Gesicht. Er bekam ein Auge auf. »Sau, Sau«, stöhnte er und langte nach seinem Nadelstrahler. Sie wußte, daß sie keine Schützin war. Eine schwere Feuerwaffe würde in ihrer Hand den Schuß durch den Rückschlag verreißen. Sie sprang zu ihm hin, rammte die Mündung in seinen Bauch und drückte ab. Sie folgte ihm und drückte ab und drückte ab, bis er dalag und nur noch unter dem Aufprall der Geschosse zuckte – bis wiederholte Klickgeräusche ihr sagten, daß die Munitionskammer leer sei und sie kreischend in seinem Blut zusammensank.

6

Oberst Almeida nahm einen Stuhl. Krankenschwestern gingen an der offenen Tür des Krankenzimmers vorbei.

»Schade, daß Sie ihn getötet haben«, sagte er.

»Für den Rest meines Lebens werde ich Alpträume haben«, antwortete sie.

Er klopfte auf ihre Hand, die schlaff auf dem Deckbett lag. »Aber nicht doch«, sagte er. »Dazu sind Sie viel zu vernünftig. Wollen Sie nicht erst einmal an einem sicheren Ort Urlaub machen, sagen wir, zwei, drei Wochen oder einen Monat?«

Nach einigen Sekunden nickte sie. »Gut. Mein Arzt rät mir auch zu einer Reise. Aber wohlgemerkt, ich will nicht, daß mir auf Schritt und Tritt ein Geheimagent folgt und mich anstarrt. Die bloße Möglichkeit, daß da einer ist, bringt mich um den Verstand.«

»Ich habe befürchtet, daß Sie das sagen.«

»Wer weiß, mit etwas Ruhe und Frieden kommen mir vielleicht neue Ideen. Können Sie mir etwas vorschlagen?«

»Ja«, sagte Almeida prompt. »Ich habe in der Tat schon alles in die Wege geleitet, vorbehaltlich Ihrer Zustimmung. Ich würde wissen, daß Sie dort in Sicherheit sind, wenn Sie nur wenige vernünftige Vorsichtsmaßregeln befolgen, und Sie würden wissen, daß ich keine Leibwache auf Sie angesetzt haben kann – nicht bei einem so eng zusammenhängenden, stolzen Haufen. Die *Lange Schlange.*«

»Die was?«

»Das Flaggschiff einer Seezigeunerflotte, es kreuzt augenblicklich im Pazifik. Gelegentlich nimmt es Passagiere auf – in herrlichen Unterkünften, und es gibt eine Menge Spaß –, falls und nur falls sie dem Admiral zusagen. In Ihrem Fall konnte er die Einladung kaum schnell genug aussprechen, sobald ich ihn anrief. Wir können Sie ohne Aufhebens dort hinfliegen.«

Yvonne zog die Augenbrauen zusammen. »Seezigeuner? Ich fürchte, daß ich mich bei Ausgeflippten nicht sehr wohl fühlen würde.«

»Die Wikinger sind keine Ausgeflippten – die ganz besonders nicht, trotz ihres fantasievollen Namens«, beruhigte sie Almeida. »Die ausgefallenste Herde Ozeanwanderer ist längst nicht so weit von der Wirklichkeit entfernt wie die Amazonen oder die Schöpferischen Vergangenheitserschaffer, ja selbst wie viele Normale, wenn man bedenkt, zu welch seltsamen Geschäften sie neigen. Die See duldet Versponnenheit viel weniger als das Land. Nebenbei braucht man erhebliche Geldmittel, um ein Schiff von der erforderlichen Art zu bauen, ganz zu schweigen von einer Flotte. Die Wikinger haben keine bestimmte Religion oder Gesellschafts-Ideologie oder dergleichen. Sie sind größtenteils ein Haufen dickköpfiger Norweger, die beschlossen haben, daß es auf dem Wasser für sie mehr Freiheit, Bewegungsspielraum und wahrscheinlich auch bessere Einkommensmöglichkeiten gibt als auf dem Land. Ich bin sicher, es wird Ihnen bei ihnen gefallen. Und Sie werden dort sicherer sein als irgendwo sonst diesseits der Station Apollo.«

Yvonne gab nach. »So eine lange Rede, Andy! Schon deshalb verdienen Sie, daß ich ja sage.«

7

Der massige Admiral Granstad und seine Familie luden die Passagiere zum Abendessen in ihre Suite ein. Yvonne Canter wurde als »Jolanda Cohn« vorgestellt. Skip widersprach nicht. Das arme Ding, sie sah ganz leer aus; abgesehen von dem Gespenst, das durch ihre Augen blickte.

»Sind Sie Student, Mister Wayburn?« Er konnte ihre höflichkeitshalber gestellte Frage kaum hören.

»Nein«, sagte er. »Ich sehe mich nur mal um.«

»Oh«, sagte sie. Für den Rest des Abends sprach sie wenig — meist nur dann, wenn sie angesprochen wurde. Während der nächsten drei Tage sah er sie nicht, außer von weitem. Obwohl sie die beiden einzigen Außenstehenden waren, fiel es nicht schwer, sich abzukapseln. Die *Ormen den Lange* war riesig. Außer den Befehlsposten und den Büros beherbergte sie reichlich Quartier für viertausend Männer, Frauen und Kinder — dazu Schulen, ein Krankenhaus, kulturelle und Erholungseinrichtungen und eine erstaunliche Vielzahl kleiner privater Unternehmen.

Es machte Skip jetzt nichts mehr aus, abzuwarten. Das Leben an Bord bot überreichlich Spaß und Reiz. Seine Junggesellenkabine, wie bequem und bezaubernd sie auch eingerichtet war, benutzte er nur zum Waschen und Schlafen. Sonst erkundete er das Schiff und dessen halbes Dutzend Weggefährten.

Technisch waren diese Gefährten interessanter. Auf ihnen wurde die Arbeit getan, während die *Ormen* wie eine schwimmende Haus-Stadt war, mit dem übrigen Planeten auf die übliche elektronische Art verbunden. Aber das Flaggschiff hatte den Sport und die Spiele, die herrlich unformellen Restaurants und Kneipen und das Theater. Die Menschen.

Diese Wikinger mochten ehrliche, körperliche Arbeit auf ein Podest erheben (na ja, eigentlich den sachkundigen und gewissenhaften Gebrauch von Maschinen, die die körperliche Arbeit erledigten), ebenso wie Unabhängigkeit von der Außenwelt. Doch sie waren dabei nicht stur. Statt dessen zeigten sie sich fröhlich wie nur ein Haufen, dem Skip je begegnet war. Der durchschnittliche Normale aus der Oberklasse hatte zweifellos mehr Durchsetzungsvermögen, war besser informiert und gründlicher ausgebildet, einschließlich der neuen geistigen Wissensrichtungen, die aus gewöhnlicher Gehirnmasse nutzbares Genie formten; aber er war auch ohne moralische Leitideen, lebte in chronischen Angstzuständen, war innerlich allein: ein geistig gesunder und wirklichkeitsnaher Logiker, der gefühlsmäßig anstaltsreif war.

Dagegen erhielten die ältesten Wikinger sich junge Seelen. Und die jüngeren Erwachsenen hängten sich an Skip augenblicklich wie Kletten. Sie sprachen ausgezeichnetes Englisch. Er war der erste Sigarun, dem die meisten begegneten. Sie schwelgten in dem, was er zu bieten hatte, und wetteiferten darin, ihn als Gegenleistung für ihre Welt zu interessieren und zu zerstreuen. In den ersten drei Nächten nach dem etwas steifen Abendessen bei den Granstads zechte er bis in die unglaublichsten Stunden. Am Morgen des vierten Tages lud ihn eine blonde Krankenschwester, die er im Lauf dieser Touren kennengelernt hatte, nach ihrem Dienst zum Essen in ihrer Kabine ein. Sie machte klar, daß dies nicht alles war, wozu sie ihn einlud.

Na klar, sollen Sonnenschein und Seeluft La Canter aus ihrem Schneckenhaus locken. Erst muß sie sich mal davon überzeugen, daß ich nicht gut vom FBI sein kann. Weiß nicht, warum sie so wütend dagegen ist, bewacht zu werden — eine Rühr-mich-nicht-an-Persönlichkeit, verstärkt durch ihren Nervenzustand, nehme ich an. Aber wenn sich die US-Regierung daran anpassen mußte, kann ich's auch. Als nächstes muß sie mal besser mit mir bekannt werden. Na schön: Wir laufen noch eine ganze Weile keinen Hafen an.

Da er vorhatte, für den kommenden Abend gut ausgeruht zu sein, nahm Skip Skizzenblock und Farbstifte mit auf ein Promenadendeck. Dort war er allein; die Bevölkerung war bei der Arbeit oder in der Schule. *Das ist meine Chance, Wellen zu zeichnen, statt sie zu verursachen.*

Die Szenerie schrie nach tausend verschiedenen Bildern. Unter den wettergebleichten Sicherheitsgeländern aus Mahagoni und Tauwerk, die diesen hochgelegenen Ort umgaben, fiel das Superbauwerk vorn und hinten steil ab, streckte sich gelegentlich in vielschattierter Verworrenheit wieder hoch — dem Pastell und Weiß des liniendurchzogenen Grand Canyon nicht unähnlich. Oft wurde seine Strenge durch winzige Parks oder hängende Gärten unterbrochen.

Jenseits der Bordwände war die übrige Flotte über Meilen hingestreut. Das schlanke Versorgungsschiff blieb dichter auf; ein Brummen aus einer seiner Werkstätten wehte herüber. Weiter entfernt verarbeitete ein untersetztes Fabrikschiff Seetang, der anderwärts geerntet worden war. Wasser schäumte weiß vor der Ansaugöffnung und hinter den Ausstoßrohren eines Mineralgewinnungs-Fahrzeugs. Das Schleppnetz-Schiff war weiter entfernt, fast am Rand des gigantischen Sichtkreises. Die Dünung kräuselte schaumgekrönt in Schattierungen zwischen Königsblau und klarem Grün unter den Wellenkämmen bis zu beinahe völligem Schwarz in den Wellentälern — immer in Bewegung, vom ständigen Wandel lebendig wie das Blut im Herzen eines Menschen. Diamantstaub schimmerte und tanzte, von der Sonne aus einem sanften Himmel herabgeworfen, an dem zwei oder drei helle Wolken trieben.

Die *Ormen* war stabilisiert; sie schlingerte nicht, und ihre Atommaschine stieß weder Rauch aus, noch verursachte sie Geräusch. Ein schwaches Vibrieren durchdrang den Schiffskörper und erinnerte Skip noch einmal an den eigenen Puls. Der Ozean schoß dahin, dröhnte, zischte, lachte unter einem besänftigenden, kühlen Wind, der Gerüche nach Salz, Jod, Ozon mit sich führte. Der Wind zerzauste Skips Haar und wollte mit seinem Skizzenblock spielen. Er fluchte ihm fröhlich entgegen, weil er das Lied mochte, das dieser Wind blies — von den Legionen und Legionen-Schiffen, die er vor sich her getrieben hatte, und von den Wanderungen, die noch kommen sollten.

»Guten Morgen, Mister Wayburn.«

Er drehte sich um. Ihre Sopranstimme brachte ihn momentan aus dem Gleichgewicht. »Äh, guten Morgen, Dr. Can . . . Miß Cohn.« *Verdammt! Ich sollte doch so tun, als ob . . .*

Sie betrachtete ihn einigermaßen gelassen. »Canter, wollten Sie sagen? Da sind Sie nicht der erste. Ich sehe ihr tatsächlich ähnlich. Wir sind Cousinen zweiten Grades.«

»Oh. Na, dann will ich Sie ausnahmsweise nicht nach Einzelheiten über Ihre berühmte Verwandte ausquetschen«, antwortete Skip und dankte jedem Gott, der Dank erwarten mochte. »Ich wette, Sie kennen sie kaum.«

»Die Wette würden Sie gewinnen.«

Daß sie so leichtzüngig lügen konnte, zeigte, daß sie sich rasch erholte. Und während ihr Jackenanzug zu der Schlampigkeit seines Einteiligen in zimperlichem Gegensatz stand, mußte das Buttergelb doch auch ein gewisses Maß Heiterkeit widerspiegeln. Die verlorenen Pfunde stellten sich gerade wieder ein; die hohen Jochbögen und die Himmelfahrtsnase standen scharf hervor. Doch das Haar, das sie als Pferdeschwanz trug, glänzte ebenholzfarben, die schräggestellten und wirklich recht hübschen Augen hatten keine dunklen Ränder mehr. Die Lippen, deren gebliebene Blässe nicht von Kosmetik verdeckt war, krümmten sich in einem kleinen, doch nichtsdestoweniger echten Lächeln.

»Ich wollte Ihnen nicht aus dem Weg gehen«, sagte Skip, »Sie aber auch nicht belästigen. Die Frau vom Admiral hat mir gesagt, daß Sie Ruhe brauchen.«

»Es ist mir unangenehm, daß ich ... unerzogen wirke«, sagte sie zögernd. »Es stimmt, was Ihnen Mrs. Granstad erzählt hat. Daß ich Sie hier finde ...« Sie ertastete sich in ihrer Gürteltasche eine Zigarette und zündete sie an.

»Bitte fühlen Sie sich nicht zu Höflichkeitsgesprächen genötigt. Ich kann Sie hier gern allein lassen. Ich habe noch vieles andere, was mich von Schandtaten abhält. Oder dazu anhält, was vielleicht eher stimmt.«

Das Lächeln kam ein bißchen deutlicher zurück. »Ja, ich habe Sie hier und da bemerkt. Sie erzeugen gesellschaftlich eine Menge Kielwasser, nicht? Und ich sehe, Sie sind Künstler.«

»Ich fürchte, diese Wogen von mir könnten Hokusai nicht viel Konkurrenz machen.«

»Darf ich mal sehen?« fragte sie. Er gab ihr den Block. Sie musterte seine Skizze mit verständigen Blicken, wie ihm schien. »Das ist ja hervorragend. Die Art, wie Sie das Muster der gegenläufigen Wellenbewegung einfangen ... Haben Sie mehr davon? Darf ich es mal durchsehen?«

»Wenn Sie möchten. Meist ist es Gekritzel. Oder Karikaturen. Das da habe ich zum Beispiel gezeichnet, als ich auf dem Weg hierher im Hubschrauber saß.«

Ein Lachen stieg in ihr auf. Das Bild zeigte zwei wirkliche Wikinger in gehörnten Helmen und Kettenpanzern, die auf einem Fjord standen und ein Langschiff vorbeifahren sahen. Einer sagte zu dem anderen: »Er ist ein ziemlich friedfertiger Bursche, weißt du.« Die Galionsfigur des Schiffes und das Heck-Ende waren der Kopf und der Schwanz einer Maus.

»Solche Sachen könnten Sie bestimmt zu Geld machen«, sagte sie.

Skip zuckte die Achseln. »Manchmal. Kleinstadtzeitungen nehmen sowas. Die großen Zeitschriften brauchen für ihre Antwort zu lange. Wenn sie mal antworten, bin ich meist schon wieder woanders und habe keine Nachsende-Adresse hinterlassen.«

»Ach, wirklich?« Sie gab ihm den Block zurück und sog langsam den Rauch der Zigarette in ihre Lungen, wobei sie ihn von der Seite ansah. »Wie kommt das?«

»Ich bin ein Sigarun. Wandernder Hansdampf in allen

Gassen, Alleinunterhalter ... Sagen Sie, was Sie wollen, und ich sage Ihnen, wie man's macht.«

»Entschuldigen Sie, aber Sie sehen dafür noch reichlich jung aus.«

»Jünger, als ich bin. Ich bin seit vier Jahren amtlich erwachsen. Damals bin ich zum erstenmal auf die Walz gegangen.«

Er hatte es schon zwei Jahre vorher versucht, war aber gefaßt worden. Der Polizist, der ihn festnahm, hatte ihn für einen jugendlichen Strolch gehalten, wie sie sich zu gewalttätigen Banden zusammentun, und hatte ihm eine gekonnte Tracht Prügel verabreicht. Weil seine Ruhelosigkeit ständig größere Reibungen in die Familienbeziehungen brachte, hatten seine Eltern sich mit seiner Einweisung in ein Erziehungsheim auf drei Monate einverstanden erklärt. Die Schlüsselgewaltigen waren dort nicht grausam gewesen, aber Skip hätte bald vor Langeweile kotzen können.

Warum sollte er das aufs Tapet bringen? Die Verbitterung, die er gefühlt haben mochte, war längst von vielen Winden fortgeblasen worden.

»Und Sie haben anscheinend eine gute Schulbildung«, sagte Yvonne Canter.

»Die haben eine Menge von uns.« Skip erklärte ihr den Hintergrund und die Philosophie seiner Art von Ausgeflipptsein. Sie war eine gute Zuhörerin. »Ich habe eine Menge hochachtbare Freunde«, schloß er. »Einschließlich des Mannes, der diesen Besuch hier für mich in die Wege geleitet hat.«

Er konnte sich denken, was sie glaubte: *Ein einflußreicher Freund, der diese Schiffahrt gleichzeitig mit meiner für ihn eingerichtet hat. Nicht, daß die Wikinger unbedingt den Anweisungen der amerikanischen Regierung folgen müßten. Aber sie finden den guten Willen dieser Regierung sicher nützlich ... Na gut, er scheint angenehm und harmlos zu sein. Ich will mich nicht beschweren.*

Skips Aufgabe lag darin, sich in ihren Augen mehr als nur »angenehm und harmlos« zu erweisen. Verlegenheit hatte sich herabgesenkt. Sie sagte lahm: »Wo mag denn das Unterseeboot heute sein?«

»Die sammeln auf dem Meeresgrund Manganproben«,

erwiderte er. »Mir haben sie gesagt, daß sie ein neues Abbaugebiet suchen. Wie die Katze auf dem Bauernhof.«

»Wie was?«

»Nichts«, sagte er hastig. Sie hätte den Witz vielleicht eine Idee zu robust gefunden. »Miß Cohn, ich würde mich freuen, Sie zu porträtieren, wenn Sie mir Modell sitzen. Natürlich immer nur, wann es Ihnen paßt, und Sie könnten das Ergebnis behalten. Sie haben etwas Exotisches an sich, was mich zum Malen reizt.«

»Oh? Nanu?« Eine Röte stieg in die elfenbeinfarbenen Wangen, und die Wimpern flatterten. Sie war nicht so weit von weiblichem Denken entfernt, daß ihr ein Kompliment nicht gefallen hätte.

»Halten Sie bitte eine Minute still, dann zeige ich Ihnen, was ich meine.« Er nahm ein frisches Blatt. Indem er Block und Farbstiftkasten in der Linken hielt, bewegte er sich kreisförmig um sie hin und her, duckte sich, legte den Kopf schief, blieb schließlich bei einem Blickwinkel und begann zu zeichnen. Obwohl sie ihre Zigarette zu Ende geraucht hatte und vielleicht eine neue wollte, behielt sie ihre Haltung bei, steif und befangen.

Sein Stift flog über das Papier und hinterließ einen Pfad aus Kurven und Schattierungen. Er hatte vorgehabt, so viel zu schmeicheln, wie er es ohne Beleidigung ihrer Intelligenz gerade tun konnte. Aber als das Bild wuchs, veränderte sich auch seine Idee davon. *Diese Linie muß weg, dieser Schatten auch ... Verdammnis, so stimmt das einfach nicht! Sie ist ja tatsächlich schön — so wie das Tal des Todes oder wie eine Zypresse, von einem Jahrhundert der Stürme gebeugt und verformt.* »Entschuldigen Sie, da ist was danebengegangen, würden Sie noch zwei, drei Minuten stillhalten?« *Stell diese Überlegungen lieber nicht laut an. Das mißversteht sie bestimmt.* »So! Dank der Korrekturpaste. Es ist nur eine rohe Skizze, aber vielleicht sehen Sie, was ich gesehen habe.«

Er trennte das Blatt ab und gab es ihr. Sie stieß einen leisen Laut des Erstaunens aus. Farbe stieg ihr ins Gesicht und verging wieder. Ihr Zeigefinger suchte in den Perspektiven des Bildes. Er hatte mehr getan, als unmerklich ihre bestaussehenden Züge zu betonen, er hatte gleichzeitig äußerste Anspannung eingefangen. Der leicht orientalische

Gesichtsschnitt blieb, aber die Kleidung floß um Busen und Bein auf eine Weise zurück, die an Nike von Samothrakien erinnerte, und das Geländer hinter ihr wurde von einem Punkt aus gezeigt, der klarmachte, daß sie in den Himmel blickte.

»Bemerkenswert«, hauchte sie. »Sie stellen mich energischer dar, als ich bin . . .«

Oh nein, Yvonne.

». . . oder sehe ich da etwas hinein, was sonst niemand bemerken würde? Welch ein Souvenir!« Ihr Blick senkte sich. »Wenn es für mich ist«, sagte sie unsicher.

»Aber klar, wenn Sie's haben wollen«, versicherte ihr Skip. »Ist nur ein Cartoon, im ursprünglichen Sinn des Wortes.« Heftig schoß ihm die Idee durch den Kopf, den Sigmanten und eine Textzeile hinzuzufügen. »Ich möchte Sie ja in Wirklichkeit nur dazu bewegen, daß Sie sich von mir malen lassen«, erinnerte er sie. *Ihr Porträt, sollte ich besser sagen. Obwohl, wenn sie mal ein paar Pfunde mehr auf dem Leib hat, könnte es schon Spaß machen . . . Langsam, Freundchen.*

»Ich muß darüber nachdenken. Ihr Angebot ist natürlich sehr nett.« Sie zündete sich eine neue Zigarette an. Hastig, wie um das Gespräch von sich fortzulenken, sagte sie: »Sie müssen mit Ihrem Talent doch gelegentlich schon Geld verdient haben, Mister Wayburn. Abgesehen von beiläufigen Verkäufen irgendwelcher Zeichnungen, meine ich.«

»Nennen Sie mich Skip, ja? Alle nennen mich so. Ja, ich habe hier und da schon Aufträge gehabt. Aber ich nehme sie mit Vorsicht, nachdem ich vor zwei Jahren damit Ärger gehabt habe.«

»Was war da?«

»Eine ziemlich lange Geschichte.«

»Ich habe keine Eile.«

Gut! Das heißt, ihr gefällt dieses Geschnatter von dir. Mach weiter, mein Junge.

»Ja, sehen Sie«, begann er. »Ich bin mal zufällig durch ein kleines Nest im Süden gekommen; die waren nicht gerade ausgeflippt, aber urchristlicher, als heutzutage guttut. Da war doch tatsächlich alles um ein halbes Jahrhundert zurück. Oder schlimmer. Die hatten sogar eine Musikbox im

Speiselokal – haben Sie schon mal eine gesehen? Der Sigmant hatte durch seine Ungezogenheit, zu existieren, die Gläubigen wie ein Wirbelsturm durcheinandergebracht. Bei denen kochte es, daß man damit eine Colossus-Rakete in die Mondumlaufbahn hätte bringen können. Ich bin mit dem Eigentümer dieses Speiselokals ins Gespräch gekommen. Er wollte für eine Woche schließen und auswärts seine Verwandten besuchen. Ich schlug ihm vor, seinen trüben, kleinen Laden von mir aufhellen zu lassen. Wir machten den Preis für eine Bibel-Szene ab.

Ich habe vor der großen Enthüllung niemanden reingelassen und, als das Fieber mich gepackt hatte, dort gekocht und geschlafen. Bin auch an den hausgebrauten Whisky gegangen. Als ich das erstemal davon aufwachte, stellte ich fest, welch edle Gelegenheit ich mir entgehen ließ. Dieser viele Platz zum Malen – und ich wollte die Bergpredigt darstellen? Lächerlich! Nicht, daß Jesus so ganz ohne wäre, aber ich habe mir noch nicht klargemacht, was in ihm steckt, und sehe keinen Sinn darin, die Ideen anderer zu kopieren.

Als ich am nächsten Morgen wieder zu mir kam, war der Eifer immer noch in mir. Und das bewies, daß mein Musenkuß echt war, wie betrunken ich auch nachts gewesen mochte, und wie groß mein Kater jetzt war. Ich rührte einen Farbenvorrat an. Den Rest der Woche über malte ich (aus Mangel an anständigem Essen und Schlaf und aus Überfluß an gebranntem Korn aller Art kaum noch richtig im Kopf) die beste Sache, die ich bis dahin angefangen hatte und vielleicht je malen werde: die Erleuchtung St. Johanns des Göttlichen.

In den vier Ecken leerten dicht unter der Decke Engel Gefäße des Zorns auf die Musikbox, den Fernseher und die Türen für Damen und Herren aus. Gottvater leuchtete in seiner Herrlichkeit an der Decke; sein langes weißes Haar, sein Bart und seine Roben zausten im Wind der Vernichtung, und sein Gesicht war halb Mensch, halb Löwe. Der Sohn zu seiner Rechten war nicht so gelungen. Ich wollte eigentlich darstellen, daß ihm die Verdammten leid taten, die er ins ewige Feuer werfen half – er kam mehr als grimmig zufriedener Erweckungsprediger heraus, der gerade sagte: ›Ihr habt ja nicht auf mich hören wollen.‹ Die Flammen um die Thronsitze – wohlgemerkt keine höllischen Flammen, sondern Sonnenprotuberanzen nachgebildet – schlugen zu dem Heiligen Geist empor, dessen Schwingen sie noch weiter trugen. Gabriel bildete ich einem Film nach, den ich mal gesehen hatte, über einen Trompeter aus der ganz alten Jazz-Zeit; der hieß Bix Beiderbecke. Er blies sichtbarlich gerade den synkopenreichen Refrain und fühlte sich wie nie in seinem unsterblichen Leben. Die anderen Engel, die Ältesten, die ganze göttliche Mannschaft war von seinem Konzert abgelenkt. Ein paar waren gekränkt und versuchten sich auf ihre Arbeit zu konzentrieren, aber zwei hörten in vollkommen weggetretener Ekstase zu. Ich selbst fühlte mich wie nie in *meinem* Leben, als ich zu dem Zoo um den Gottesthron herum kam ... Ich quatsche wie ein Wasserfall.«

»Nein, nein, bitte erzählen Sie doch weiter«, sagte sie, wobei ihr Blick keinen Augenblick von ihm wich.

»Hm. Wenn man mal den Wortsinn beiseite läßt – warum sollen Wandgemälde nicht auch die Fußböden einschließen, in Anbetracht der Widerstandsfähigkeit moderner Farben? Dieser Fußboden wurde die Erde. Die Toten erhoben sich daraus. Man sah Grabsteine umfallen, Gräber sich öffnen – eine völlig chaotische Szene, weil ich mir dachte, daß zum Zeitpunkt des Jüngsten Gerichts jeder Punkt auf dem Planeten tausendmal als Begräbnisstelle hat herhalten müssen. Ich bezweifelte, daß die Wiederauferstehung des Fleisches sich von einem Moment zum anderen bewerkstelligen lassen wird. Daher zeigte ich verschiedene Stufen: ein nicht sehr alter Leichnam, der halb verfault war; ein Schädel, der zu seiner Wirbelsäule rollte; zwei Skelette, die sich wegen eines Schienbeins zankten; sehr alter Staub, der in die ersten geisterhaften Umrisse zusammenwirbelte ... Und die fertigen Fälle! Tragische Würde wie beim Orpheusbrunnen in Stockholm lag mir fern. Die Offenbarung Johannis ist ein wildes Buch, geradezu heller Wahnsinn. Die Schwächeren unter den Wiederauferstandenen versuchten sich mit Hilfe der Thekenhocker qualvoll aufzurichten. Ein Liebespaar lag sich in den Armen und weinte vor Freude, aber sie waren als alte Menschen gestorben. In Erinnerung daran, daß es im Himmel keine Ehen gibt, versuchte ein junges

Paar schnell noch mal ... äh ... tja, ein Cowboy und ein Indianer prügelten sich, und Sie können sich vorstellen, was sonst noch war.

Über den unteren Teil der Vorderwand zog ich einen fernen Ausblick auf brennende Städte, Flutkatastrophen, Erdbeben und ähnliches Elend, einschließlich eines Donnerkeils, der eine urchristliche Kirche traf. An der rechten Wand wirbelten die geretteten Seelen aufwärts wie trockenes Laub in einem Zyklon. Die meisten bildete ich fröhlichen Betrunkenen, glücklichen Marihuanarauchern und so weiter nach, aber manche sahen zweifelnd aus, andere verwirrt, einer war luftkrank.

Natürlich war jedermann nackt. Die Schrift sagt nichts über eine Auferstehung der Leichentücher. An der linken Wand taumelten die Verdammten auf ähnliche Art abwärts. Höllenflammen schlugen hoch, um sie in Empfang zu nehmen, und die ersten paar hatten angefangen zu braten, oh, das war nicht hübsch. Ebensowenig waren es die Teufel, die sie weiterscheuchten. Ich will Ihnen die Einzelheiten ersparen. Satan selbst sah auf schlangenhafte Art ganz gut aus. Eine Hand streckte er aus, um die Sündigen einzuraffen, mit der anderen ballte er eine Faust gegen Gott, wobei er den Mittelfinger ausstreckte.

Hinter der Theke war zur Belebung des Geschäfts eine weitere Ansicht vom bösen Feind — die Große Hure von Babylon auf ihrer Bestie. Auf die Bestie malte ich eine zweistellige Zahl. Die Hure machte dem Antichrist schöne Augen, und ich stellte völlig klar, was er im Sinn hatte ... Nein, Verzeihung, ich wollte Sie nicht kränken.«

Skips Entschuldigung kam nur der Form halber, denn sie kicherte. »Ach, du meine Güte«, sagte sie. »Wie hat der Ort sich dazu gestellt?«

»Auf den Schwingen der Muse und besoffen, wie ich war, kam mir keinen Augenblick der Gedanke, daß sie mein Meisterwerk vielleicht nicht schätzen könnten.« Skip seufzte. »An dem Tag mußte ich wirklich die Beine in die Hand nehmen.« *Nicht das letztemal, daß ich froh war, in Karate und Kendo gut zu sein.* »Ohne Zweifel hat der Eigentümer alles überpinseln lassen.«

Sie wurde ernst. Es wurde ihm klar, daß der Schwung seiner Erzählung sich aus mehr als nur dem Spaß am Erzählen erklärte, und daß ihr dies aufgefallen war. »Merkwürdig«, sagte sie langsam. »Ich bin noch nie jemandem begegnet, dem das Künstlertum so im Blut steckt. Sachkundige Buchillustratoren natürlich«, fuhr sie fort. Ihr Blick ging von ihm auf das Wasser und wieder zu ihm. »Zwei oder drei, die sich mit ihrer Hingabe brüsteten und nicht sachkundig waren. Keiner war ein wirklicher Künstler — von der Art, wie ich andere gekannt habe, die durch und durch Musiker und Wissenschaftler waren. Bis Sie . . . heute . . .«

Soll ich es jetzt wagen, davon anzufangen? Ja — vorsichtig, ganz vorsichtig. Und mach sofort einen Rückzieher, wenn sie zu erkennen gibt, daß sie das Thema satt hat! »Ich danke Ihnen«, sagte er gedehnt. »Ich habe allerdings den Verdacht, daß sich kein Mensch, der je gelebt hat, außer vielleicht einem Rembrandt oder einem Bach, mit unserem Gast messen kann.«

Zuckte sie zusammen? Er war nicht recht sicher. Aber ihre hochgezogenen Augenbrauen fragten.

»Mit dem Sigmanten.« Skip deutete aufs Geratewohl himmelwärts.

»Ja . . . hm . . . Die Canter . . .« Sie konnte nicht anders, sie wurde rot. »Die Canter, wissen Sie, hat anscheinend bewiesen, daß das Wesen auf ästhetischen Mindestansprüchen beharrt. Wie etwa ein japanischer Adliger der Heiji-Periode.«

»Das meine ich nicht. Obwohl Dr. Canters Arbeit tatsächlich darauf hindeutet, daß ich mit meiner Idee nicht allzu schief liege.«

»Was ist denn Ihre Idee?«

Der Verlauf, den das Gespräch jetzt nahm, erinnerte ihn daran, wie man mit einem starken Fisch an zu dünner Angelschnur fertig wurde.

»Ach, nichts Großartiges.« Er drehte sich um, lehnte sich auf das Geländer und starrte über die Wellen. »Eine Sigarun-Idee.«

Sie kam und stellte sich neben ihn. »Sprechen Sie weiter, Skip. Bitte.«

Er zwang sich dazu, ruhig zu sprechen. »Vielleicht liege ich völlig daneben«, sagte er. »Aber ich glaube, ich weiß, warum der Sigmant hier ist, was er macht, warum er sich kaum mit uns abgibt – und was wir tun können, damit er Männchen macht und feierlich erklärt, daß für die menschliche Rasse nichts zu gut ist. Ganz schön viel auf einmal, was?«

Er riskierte einen Seitenblick. Das Profil, das er so interessant fand, war seewärts gerichtet. Der Pferdeschwanz flatterte in der Brise nach hinten weg. Er hatte sie nicht verscheucht. Nur die Hände hielten das Geländer etwas zu fest, und ihre Stimme klang, als stünde sie unter innerem Druck: »Raus damit.«

8

Noch am gleichen Tag gab sie für ihn ihr Inkognito auf. In Gegenwart anderer behielten sie es bei, ausgenommen die Granstads, denen sie selten begegneten. Das kostete Skip die Freundschaft der blonden Krankenschwester, die anfing, sich zu wundern, wieso er Stunden und Stunden mit dieser mageren Cohn verbrachte, die doch alt genug war, um seine Tante zu sein – na ja, jedenfalls *Jahre* älter als er. Stunden, die er auch mit der Krankenschwester hätte verbringen können. Seine Erklärung, daß Miß Cohn ein wunderbares Gehirn habe, nahm sie ungnädig auf.

Na schön, es hatte ein paar frohe Nächte gegeben. Und mit den übrigen Jüngeren machte er immer wieder mal einen Zug durch die Gemeinde. Obwohl sein verändertes Verhalten sie ebenfalls verwirrte, fragten sie ihn nicht nach dem Grund. Eng beieinanderliegende Quartiere und die Notwendigkeit disziplinierter Zusammenarbeit vertrugen sich nicht mit ihrer Art von Individualismus – falls nicht der Respekt vor den privaten Angelegenheiten des anderen hinzukam. Zweifellos entschieden sie, daß man von einem Sigarun Unberechenbarkeiten erwarten müsse.

Skip und Yvonne redeten sich bald mit den Vornamen an.

Sie waren beide Feuer und Flamme und erkundeten die möglichen Folgen seiner Idee; sie machten Pläne und trafen Vorbereitungen. Falls nicht unvorhergesehene Dinge dazwischenkamen, hatte sie bis Los Angeles bei der Flotte bleiben wollen. Oberst Almeida und seine Leute brauchten mindestens so lange, um bessere Sicherheitsvorkehrungen für sie zu treffen. Das machte sie unruhig, bis sie entdeckte, wie sie und Skip die Zwischenzeit nutzen konnten. Die *Ormen* konnte Datenbänke, Computer und das weltweite Visiphonsystem ebenso gut anzapfen wie Yvonnes Arbeitsraum zu Hause. Die Fernkopiermaschine konnte jede Art von Schriftstück aus jeder Bibliothek für sie ausdrucken – in jedem optischen Genauigkeitsgrad, für den der Kunde zu zahlen bereit war. Es gab sogar einen Mitsui-Skulptor, der Ähnliches mit dreidimensionalen Gegenständen tat. Normalerweise waren dies Statuen und Keramiken. Aber Skip bestand darauf, daß dieses Gerät für Gemälde in Anspruch genommen wurde, und zum Henker mit den Kosten.

»Die Textur ist wichtiger, als die Leute bemerken«, sagte er. »Sie wissen gar nicht, wie feinfühlig ihr Sehvermögen ist, ob es nun ausgebildet wurde oder nicht. Am deutlichsten stellt sich das bei Ölmalern heraus, die dicke Farbkleckse auftragen, wie etwa viele Impressionisten. Aber glauben Sie nicht, daß es bei anderen nicht genau so darauf ankommt. Sie können so glatt wie Dali sein, aber diese Oberfläche ist optisch nicht eben. Es ist das gleiche mit orientalischen Tinten und Wasserfarben. Die Leinwand oder das Papier wird Teil der Komposition.« Er zögerte. »Äh, Onkel Sam erstattet Ihnen doch zurück, was Sie von Bord her anfordern? Nicht wahr?«

»Dummkopf«, lachte sie. »Ich belaste ihn direkt.«

Sie standen am Heck. Es war spät. Den ganzen Tag über hatten sie sich Abbildung nach Abbildung auf den Schirm projizieren lassen, hatten ausgewählt und weiter darüber debattiert, als sie zum Abendessen ausgegangen waren. Niemand sonst war hier.

Yvonne strich ihm über die Hand. Sie lächelte im Mondlicht. »Sie sind ein Idealist.« Sofort, als habe sie Angst, zog sie sich von der Berührung zurück und griff in ihre Gürteltasche.

»Wer, ich?« Seine Ohren wurden heiß. »Mädchen, nein! Ich mache, was ich will, nicht einen Deut mehr, wenn's nach mir geht. Von uns beiden sind Sie die Spezialistin für Dienste an der Menschheit.«

Sie nahm eine Packung Marihuanazigaretten heraus und bot sie ihm an. »Danke«, sagte er. »Schätze, wir können beide einen Beruhiger brauchen, so aufgedreht, wie wir sind. »Sie zündeten die Zigaretten an und sogen den Rauch ein. »Obwohl Sie«, sprach er nach dem ersten Zug weiter, »obwohl Ihnen Arbeit prima bekommt. Als ich Sie kennenlernte, sahen Sie wie ein Gespenst aus. Jetzt, eine Woche später, bei zehn bis zwölf Arbeitsstunden täglich, haben Sie angesetzt, erschrecken nicht mehr vor Ihrem eigenen Schatten, machen Witze . . .«

Das war nicht ganz wahr, dachte er. Sie schätzte eine gewisse Art von Humor, hatte aber selbst nicht viel davon. Und während sie körperlich in etwa wieder normal war – was seinen Augen sehr gefiel –, konnten ihre Nerven ihr noch immer Streiche spielen. So wie jetzt. Das rotglühende Ende ihrer Zigarette zitterte zwischen ihren Fingern, verblaßte und leuchtete von unratsam schnellen, tiefen Zügen wieder auf.

»Habe ich etwas Falsches gesagt?« fragte er.

Sie schüttelte den Kopf. Schmerz gab ihrer Stimme Schärfe. »Nicht Ihre Schuld. Sie haben mich zufällig erinnert . . . Ich bin nicht selbstlos. Sonst hätte ich das alles nicht angerichtet.«

»Wollen Sie mich auf den Arm nehmen? Yvonne, Sie haben Großartiges geleistet.«

»Habe ich das?« Das Marihuana mußte in ihrem erschöpften Zustand stark und schnell wirken, daß alle ihre inneren Sperren so versagten. »Ich habe einen Mann umgebracht. Ich sehe noch sein Gesicht vor mir, die Augen herausgequollen und der Mund offen vor Staunen. Er wäre am Leben, wenn ich ihn nur verwundet hätte.«

»Ich habe gewußt, daß einer, bei dem eine Schraube lokker war, Sie ermorden wollte. Aber die Nachrichten haben nicht . . .«

Sie erzählte es ihm, in kurzen harten Worten zwischen tiefen Zügen aus der Marihuanazigarette. Am Ende strömten ihr Tränen über die Wangen und färbten sie unter den Strahlen des Mondlichtes silbern.

Er nahm sie bei den Schultern und sagte: »Yvonne, hören Sie zu. Nicht die geringste Schuld trifft Sie. Sie hatten Angst und waren kaum bei Sinnen. Und Sie hatten überhaupt keine Erfahrung mit Schußwaffen, oder? Das muß eine Schnellfeuerpistole gewesen sein — man kann das Magazin in Sekunden leerschießen. Es blieb Ihnen gar keine Zeit, sich über das klar zu werden, was Sie taten. Sie haben sich verteidigt. Die Welt braucht Sie. Die Welt ist besser dran ohne diese Kreatur.«

»Dieses menschliche Wesen, Skip.«

»Hören Sie auf. Erschossen zu werden, ist in der Unterwelt das Berufsrisiko. Täte es Ihnen denn leid, wenn das einer Fremden zugestoßen wäre, und Sie hätten davon gehört?«

»Das ist mir zugestoßen! S-s-ie haben doch noch keinen Menschen umgebracht, oder haben Sie das?«

»Nein. Ich war dicht daran, und ich habe immer ein Messer bei mir. Illegal wie die Pest, aber ich nähe in jede Hose, die ich kaufe, ein Versteck dafür ein und übe mich damit. Wenn ich eines Tages keine andere Wahl habe — klar, dann benütze ich das Messer. Was mir weder Freude noch Reue verursachen wird.«

»Sie sagen mir dasselbe wie alle.« Sie wandte sich um und blickte wieder hinaus auf die See. Skip ließ seinen rechten Arm tiefer rutschen, bis er um ihre Taille lag. Sie seufzte und lehnte sich leicht gegen ihn.

»Verzeihen Sie!« Ihre Stimme war gedämpft, fast ein Nuscheln. »Ich sollte Ihnen meine Sorgen nicht aufhalsen.«

»Es ehrt mich, wenn ich helfen kann; und sei es nur als Besitzer einer Schulter, gegen die Sie sich lehnen können. Ich erzähle nie weiter, was mir im Vertrauen gesagt wird.«

»Danke, Skip.« Sie zeigte ein verlorenes Lächeln und blickte starr vor sich hin. »Es heilt so schnell in mir, w-w-wie der The-ra-peut vorausgesagt hat. Ich denke ... nich' mehr sehr oft ... dran, un' s is' noch seltener, daß ich mich schuldig fühl. Bald ... hör ich ganz damit auf. Ohne S-s-szweifel hör ich noch'n bißchen später auf, Schuld-ge-fühle s-s-su haben.« Sie stieß langsam einen rauchduftenden Atemzug aus. »'s gehört s-s-su ei'm ganzen Komplex von Schwierchkeiten, den ich in mei'm ganzen Leben gehabt hab'. Sei'n Sie froh, daß bei Ihn'n alles rauskommt, was Sie be-drückt. Annersrum macht kein'n Spaß. Meine Ehe hat sich aufgelöst, weil 'ch s-s-su selten begriffen hab', daß er mehr von mir brauchte, als ich ihm gegehm hab'. Un' will ich'n wirklich so alleine sein, wie 'ch bin?« Sie warf den Zigarettenstummel über Bord. »Zum Teufel damit. Bin high. Geh lieber ins Bett.«

Er begleitete sie zu ihrer Kabine. An der Tür, in dem leeren, von Ventilatorgemurmel erfüllten Korridor, lächelte sie ihn an. Ihre Lippen waren unsicher, und ihre Augen konnten den Blick nicht halten. »Sie sind ein Lieber«, flüsterte sie.

Er widerstand der Versuchung, beugte sich vor, küßte ihre Hand und ging.

Sie hatten es sich angewöhnt, sich jeden späten Vormittag auf dem Promenadendeck zu treffen, eine Stunde darauf herumzugehen und über ihre Arbeit zu sprechen. Skip fand sich am nächsten Tag dort ein, ungewiß, ob Yvonne kommen würde. Sie kam, doch später als üblich, mit steifen Schritten. »Na?« begrüßte er sie. »Wie geht's Ihnen?«

»Gut, danke.« Er konnte sie kaum hören, und ihr Blick wich seinem aus.

»Hatte schon die Sorge, daß Ihnen vielleicht schlecht wäre«, redete er glattzüngig weiter. »Entgegen dem Hörensagen kann man von Maria-Josef einen ganz schönen Kater bekommen — und wir haben heute nacht vielleicht einen draufgemacht, was? Ich weiß kaum noch, was los war — so'n blasser Schimmer, daß wir Sachen gesagt haben, die uns wichtig vorkamen, aber wahrscheinlich nicht waren. Das Zeug ist tückisch, wenn man's nicht regelmäßig nimmt.«

Sie warf ihm einen schnellen, erschreckten Blick zu. »Fühlen ... fühlen Sie sich schlecht?«

»Es geht.«

Sie begannen ihren Spaziergang. Der Wind blies laut und eisig, die Wellen gingen schwer und graugrün, und am Himmel hingen viele Wolken. Die *Ormen* war in den Japan-Strom eingefahren.

»Nehmen wir die Kunstfrage einmal beiseite«, schlug Yvonne rascher als notwendig vor. »Es ist mir aufgefallen, daß Sie nicht zu wissen scheinen, inwiefern sich die sigmantische Biologie von der irdischen unterscheidet. Vielleicht bringen einige Tatsachen Sie auf eine Idee.«

In Wirklichkeit schlägst du mir vor, dachte er, *daß wir ein Thema ohne Fallstricke drannehmen — und Kunst ist mit Gefühl befrachtet —, bis du darüber hinweg bist, daß du dich entblößt hast. Einverstanden.* »Na ja, ich weiß, daß die Körperchemie anders ist. Wo es Parallelen gibt, Aminosäuren und was nicht alles, neigen sie dazu, Spiegelbilder ihrer Erd-Entsprechungen zu sein ... Isomere, heißt das nicht so?«

Yvonne nahm eine Zigarette — Tabak natürlich. »Ich denke an den zellularen Aufbau«, sagte sie. »Die biologischen Proben, die wir erhalten haben, waren sowohl von Pflanzen wie von Tieren. Einige von den Pflanzenproben waren größer als mikroskopisch, von den Tierproben keine. Aber die Mikroben waren sowohl Einzeller wie Mehrzeller; und dann gab es verschiedene Gramm Gewebe, das vielleicht von einem Angehörigen der beherrschenden Art stammt. Natürlich gelang es unseren Wissenschaftlern nicht, von einer dieser Proben Kulturen anzulegen, und die Zellen sahen keiner Zellenart von der Erde ähnlich. Ein paar Zellwissenschaftler behaupten, etwas erkannt zu haben, was unseren Chromosomen, Ribosomen und so weiter entspricht. Andere bestreiten das. Das ist im Augenblick unwichtig. Die allgemeinen Grundlagen scheinen annähernd die gleichen zu sein. Nicht wahr?«

»Ich schätze«, sagte Skip.

»Sie sind es nicht! Die Mehrzeller sind völlig anders zusammengesetzt als die hauptsächlichen Arten auf der Erde.«

Yvonne machte eine Pause. Ein Wal tauchte in einiger Entfernung auf. Skip dachte: *Die menschliche Bestie macht wenigstens so viel wieder gut, daß sie ein einigermaßen anständiges Bewahrungsprogramm eingeführt hat. Wie schäbig mein Leben ohne Wunder wie das wäre!* »... am leichtesten erklärt, indem man ...« *Hoppla, wo sind meine Gedanken?* Er zwang sich, seine Aufmerksamkeit der Frau zuzuwenden. Ihr Vortrag mochte für sie ein Schutzschild sein; nichtsdestoweniger hielt sie ihn gut:

»... mit der mutmaßlichen Entwicklung solcher Organis-

Gönnen Sie auch Ihrem Kind ein spannendes
Heyne-Taschenbuch

men auf der Erde beginnt. Ich bin keine Biologin, es kann sein, daß ich mich in Einzelheiten irre, aber folgendermaßen verstehe ich die Grundzüge:

Die ursprünglichen Zellzusammenballungen müssen bloße Klumpen gewesen sein. Etwas wie sie haben wir heute noch in Algenwimpertierchen. Sie haben sich dann weiter entwickelt und wurden Hohlkugeln, oft zwei runde Kugeln, so wie der moderne Volvox. Aber schließlich – halten Sie fest, daß dies vor dem Kambrium war, vor dem ältesten Erdzeitalter, das wir messen können – entwickelten solche Kugeln innere Wände, die anderen Zwecken dienten als die äußeren Wände. Sie hatten an jedem Ende eine Öffnung, zum Aufnehmen von Nahrung und zur Ausscheidung dessen, was sie nicht brauchten. Von einfachen Becherkeimen dieser Art stammen fast sämtliche Tiere ab, die wir kennen. Manche bildeten lediglich Kolonien wie die Schwämme und die Korallen. Andere wuchsen Ende an Ende aneinander und wurden die ersten Gliederwürmer.

Von diesen frühen Würmern leiten sich wiederum alle höheren Formen ab. In ausgefeilter Form halten wir uns noch heute an diesen alten, grundlegend röhrenmodelligen Aufbau. Die Zweiersymmetrie, der Mund-Verdauungs-Anal-Kanal, die Rippen und die Wirbel zeigen es. Selbst abgezweigte Organe wie Herz und Lungen übernehmen das Kanalprinzip, obwohl die Lungen Säcke geworden sind – also gut, ich brauche es wohl nicht weiter auszuführen.

Sicher wissen Sie, daß dies nicht die einzige Art ist, biologische Gesamtheiten hervorzubringen. Die Pflanzen sind einen anderen Weg gegangen. Und wenn wir ehrliche Proben bekommen haben, ist auch kein sigmantisches Leben unseren Weg gegangen. Was sich noch am ehesten damit vergleichen läßt, sind unsere leitungslosen Drüsen.

Hier auf der Erde schwimmen manche Einzeller mit Hilfe von Geißeln, haarähnlichen Gebilden an den Seiten. Etwas Ähnliches gibt es in dem, was wir von dem sigmantischen Planeten gesehen haben. Aber es ist nicht völlig gleich. Die Einzeller von dort sind typischerweise nicht flach, sondern kugelförmig. Die Geißeln sind über die ganze Oberfläche verteilt, und sie sind für mehr da als nur für die Fortbewegung. Sie peitschen das Wasser und alle organische Materie, die darin sein mag, auf die Zelle zu. Die Mikrobe hat keinen besonderen Ein- oder Ausgang; ihre Haut ist durchlässig, und die Strömungen, die von den Geißeln erzeugt werden, zwingen alles Eßbare durch sie hindurch in das Innere. Oh, es spielt noch mehr eine Rolle dabei. Chemische Vorgänge an der Membran zerlegen die größeren Moleküle wahrscheinlich in kleinere, die hinein können, und die inneren Vorgänge müssen außerordentlich kompliziert sein. Aber unsere Biologen würden eine große Zahl lebender Exemplare brauchen, um den Einzelheiten nachzuspüren.«

Yvonne hielt an, um Atem zu schöpfen. Skip sagte: »Ich kann mir vorstellen, was jetzt kommt. Ich erinnere mich undeutlich daran, daß ich mal einen Artikel gelesen habe. Er lief darauf hinaus: Als diese sigmantischen Mikroben beschlossen, sich zusammenzutun, hielten sie Händchen, statt sich zu küssen.«

Es freute ihn, ein Lächeln zu sehen. »Sie müssen natürlich wieder an so etwas denken«, sagte sie. »Ja, sie verhakten einige ihrer Geißeln miteinander. Die verloren ihre ursprüngliche Wedel-Aufgabe und wurden Röhren, die zur Stützung und zum Austausch von Flüssigkeiten bestimmt waren. In verschiedenen Gewebeteilen, die unsere Leute studiert haben, sind die Röhren zusammengeschrumpft, bis die Zellen in direktem Kontakt zueinander stehen. Das geschieht zu besonderen Zwecken, wie wir unabhängig schwimmende Blutkörperchen haben. Die grundlegende sigmantische Mehrzeller-Bauweise ist ein Geflecht aus Kugelformen, die durch Stäbe zusammengehalten und verschmolzen sind. Die Stäbe können massiv, hohl oder durchlässig sein; sie können starr oder biegsam sein – das kommt darauf an, was ihre besondere Aufgabe ist. Die Anordnung bleibt die gleiche, und es ist das gleiche mit der Durchlässigkeit der Zellhaut – wie sehr sie hier und da im Laufe der Jahrmillionen auch abgewandelt worden sein mag.«

Sie gingen eine Weile in gedankenvollem Schweigen nebeneinander her. Ein Wikinger kam vorbei. *»God morgen, du!«* rief Skip. Sein Akzent war nicht schlecht. Der Matrose erwiderte den Gruß. Skip wandte sich wieder seinen Gedanken zu.

»Ich glaube, ich weiß, wohin das führt«, sagte er endlich. »Berichtigen Sie mich, wenn's nicht stimmt. Die grundlegende Symmetrie ist nicht zweifach, sie geht längs und quer. Das bedeutet viel weniger Neigung als bei uns, ein deutliches Vorn oder Hinten zu entwickeln. Es bilden sich weniger spezialisierte Organe. Die durchlässige Zelle kann selbst Luft und Wasserdampf aufnehmen – sie hat doch freibewegliche Geißeln behalten, habe ich recht? Und, äh, sie bildet Abfallstoffe direkt und ständig aus. Unser sigmantischer Freund braucht Klauen, um feste Nahrung zu zerkleinern; aber nur so weit, bis die Säfte, die zwischen diesen Klauen heraustreten, sie zu einem Brei verarbeiten können, der sich auflöst und dann den Arm hinaufzieht. Diese Säfte müssen sogar noch schärfer sein als unsere Magensäuren!«

»Sie lernen schnell«, nickte Yvonne. »Man denkt, daß die gleichen Säfte wahrscheinlich in verdünnter Form durch den ganzen Körper zirkulieren – der Hauptschutz gegen Krankheitskeime. Was den Schutz gegen andere Gefahren anbetrifft, so wäre das hautlose Geflecht hoffnungslos verwundbar, wenn nicht wahrscheinlich die meisten Landtiere gestaffelte Kienapfel-Platten hätten wie unser Weltraumreisender. Da Luft und Wasser ungehindert dazwischen hindurchziehen, ist das Tier auf keine Weise gegen Sinneswahrnehmungen isoliert, auf die Art etwa, wie es ein Hummer oder eine Schildkröte ist. Daher kann sich Intelligenz ungehindert entwickeln.«

»Aha«, sagte Skip. »Und bei vier Stielaugen und wer weiß was für anderen ausstreckbaren Sinnesorganen wette ich, daß der Sigmant mehr erlebt und empfindet als wir. Unsere einzigen Zellen, die mit der Umwelt in direkten Kontakt kommen, liegen im Atem-Apparat, in Teilen des Nahrungsaufnahme-Traktes und in der Haut, und die Hautzellen sind an der Oberfläche abgestorben.« Plötzlich wurde er aufgeregt: »Bei dem Sigmanten steht der ganze Körper unmittelbar mit der Umgebung in Verbindung! Tausend zu eins dafür, daß er wahnsinnig wird, wenn man ihn auf menschliche Fähigkeiten beschränkt. Sinnesverarmung.«

»Oh, es muß viele Einschränkungen und Ausnahmen geben«, sagte Yvonne. »Zum Beispiel muß er ja ein Gehirn haben.«

»Muß er?« zweifelte er. »So, wie wir uns ein Gehirn vorstellen? Wieso können diese nicht sehr spezialisierten Zellen keine Nervenimpulse empfangen? Vielleicht denkt der Sigmant mit seinem ganzen Körper, wie er auch damit fühlt. Wenn das so ist, beneide ich ihn ... Hm, das ist aber weniger kompakt als unsere Gehirnleitungen. Die Nervensignale brauchen länger, um sich durchzuarbeiten. Der Sigmant müßte demnach langsamer denken als wir. Was vielleicht auf seinem Planeten nichts ausmacht. Tiere, die eine schmackhafte Mittagsmahlzeit in ihm sehen, haben ja die gleiche Schwierigkeit. Und die Schwerkraft ist schwächer. Man hat mehr Zeit, einen Stolperschritt abzufangen, oder einem herunterstürzenden Felsbrocken auszuweichen.«

Yvonne blieb stehen. »Aber ja — Sie können recht haben!« rief sie. »Ich habe gefunden, daß er ein beträchtlich langsameres Informations-Austauschtempo hat.«

»Ich erinnere mich«, sagte Skip. »Aber bei dem enormen Anfall von Sinneseindrücken — wenn wir unsere Theorien nicht auf Sand bauen —, ja, dann muß man doch annehmen, daß er mit mehr Tiefgang denkt als wir. Wir sind schlagfertig, aber oberflächlich — er ist schwerfällig, aber gründlich.« Er schlug mit der Faust auf einen Geländerpfahl. »He, he! Na, was sagen Sie denn *dazu*? Welche künstlerischen Überlieferungen könnten sich da entwickelt haben ... Hui-i-i-iju!«

Er hüpfte in grotesken Freudensprüngen auf dem Deck herum. Endlich hielt er vor ihr an, und es brach aus ihm heraus: »Das war eine echte Inspiration, daß Sie auf dieses Thema gekommen sind! Wir müssen das weiter verfolgen! Kommen Sie, lassen wir uns in Olavs Kneipe von einem Morgenbier inspirieren. Einen einzigen Krug! Höchstens zwei. Na gut — Ihnen zuliebe drei. Wenn die Sonne noch nicht über der Rah-Nock steht, soll er sie für uns tiefer stellen.« Er zerrte an ihrem Arm. Sie leistete Widerstand. »Komm schon, Spatz!« Sie kam.

Die Meeresstation Maori ruhte auf dem Kontinentalsokkel vor der Küste von Oregon, etwa fünfzig Kilometer davon entfernt und neunzig Meter tief. Die Wikinger hatten eine Fracht veredelter Metalle für die Forschungsstation abzuliefern.

Die *Ormen*, die für die Docks zu riesig war, ankerte inmitten ihrer Gefolgschaft in sicherer Entfernung, mit Ausnahme des Verarbeitungsschiffes. Das lag längs der angewiesenen Pier, die von den schwimmenden Plattformen mit Gebäuden und Maschinerien abstand.

Für das Löschen der Fracht wurde nicht viel Zeit gebraucht, aber Granstad hatte einen sechsstündigen Aufenthalt versprochen – vor allem für die Kinder, die noch nie auf der Station gewesen waren. Alle anderen Wikinger mußten draußen auf dem Meer bleiben; ihre bloße Zahl hätte die vorhandenen Einrichtungen überfordert. Die meisten hatten Maori oder ähnliche Kolonien schon besucht. Und die Fleischtöpfe von Los Angeles, wo organische Erzeugnisse der Flotte angelandet werden sollten, waren jetzt ohnehin nur noch zwei Tage entfernt.

Einige wenige Männer arrangierten es, daß sie Ausflüge mit Tragflügelbooten oder Tauchgeräten machen konnten; oder daß sie Urlaub erhielten, um unter der Aufsicht einheimischer junger Burschen, die mit ihren großen Herdenwächtertieren um das Schiff herumtobten, Delphinreiten zu können. Yvonne betrachtete das Spritzen, Springen und Schreien wehmütig.

»Das würde mir auch gefallen«, sagte sie.

»Das Wasser ist hier in der Gegend kalt«, warnte Skip. »Die Meeresleute sind daran gewöhnt, wir nicht. Schon richtig, in einem Schaum-Anzug wird man schnell warm ... Ja, warum machst du's eigentlich nicht? Wir sind Passagiere, haben uns an keine Befehle zu halten, nichts hindert uns. Und jeder Bootsmann, Tauchführer oder Delphinjunge kommt wie ein Rundkopfdelphin angeschnaubt, wenn du nur mit dem kleinen Finger winkst.« Ihre Beziehung hatte den Punkt erreicht, wo seine Angewohnheit, jeder gut aussehenden Frau kleine Artigkeiten zu sagen, ihr nicht mehr peinlich war. Dies war das erstemal seit einer Woche, daß er sie unglücklich sah.

Sie seufzte. »Ich darf nicht. Andy Almeida würde einen Wutanfall bekommen. Er hat darauf bestanden, daß ich unter falschem Namen die ganze Reise über an Bord bleibe.

Um der Sicherheit willen. Hier könnte ich nicht Jolanda Cohn sein. Zwar bin ich noch nie auf Maori gewesen, aber es ist voller Wissenschaftler, und ein paar haben mich mit mathematischer Gewißheit schon bei wissenschaftlichen Kongressen gesehen. Meine frühere Arbeit bezog sich auf die Pseudosprache der Wale.« Sie drückte seine Hand. »Ich rede zuviel. Mach du das. Viel Spaß.«

»Glaubst du selbst auch, daß du in Gefahr bist?« fragte er.

»Nein!« sagte sie mit Nachdruck. »Wenn der Mordversuch nicht auf einer Verwechslung beruhte, dann war er bestimmt das Werk einer antisigmantischen Gruppe, deren Mitglieder nicht ganz normal sind. So etwas gibt es, und ich bin sicher, die Regierung hat ihnen Furcht eingejagt.«

»Dann gehörst du also diesem Almeida? Wartet an der Landplanke in Los Angeles eine Polizeipatrouille auf dich?«

»Ich habe mich dagegen gewehrt. Er hat nachgegeben, als ich sagte, daß gerade deswegen kein Attentäter auf mich lauert, weil niemand weiß, daß ich da sein werde.«

»Richtig. Und nimm mich beim Wort — noch sicherer als in Los Angeles bist du unten in Maori, wo die See mit neun oder zehn Atmosphären Druck auf dir liegt und Mörderwale, die angeblich zahm sind, frei durch die Gegend sausen. Ich bin hier auch noch nicht gewesen, kenne aber Los Angeles und habe etwas über Maori gelesen. Die hier sind unsere Art von Leuten, die kommen aus der ganzen Welt, um gemeinsam den Meeresgrund zu studieren und zu erobern. Wie können die eine Gefahr für dich sein?«

»Es ... es wäre mir gar nicht recht, wenn die Nachricht von meinem Kommen schon eher da wäre als ich. Ein Rudel Journalisten wäre fast ebenso schlimm wie ein Mörder.«

»Schön, wir gehen zuerst zum Direktor und treffen Vorsichtsmaßregeln. Nun mach endlich einen Punkt, Mädchen! Ich will das hier sehen, und mir wird plötzlich klar, daß du mir Zutritt zu Abteilungen verschaffen kannst, in die ich allein nie reingelassen werde. Ran an den Speck! Gleich jetzt! Nein, nicht erst umziehen. Du bist für eine Beschau der Sehenswürdigkeiten gerade richtig angezogen, und ich zweifle übrigens daran, daß die Leute einer Forschungsstation überhaupt bemerken, wer was anhat.«

Sie ließ sich mitziehen. Sie stiegen die Leiter an der steilhanggleichen Seite der *Ormen* hinunter. Skip pfiff und winkte einem vorbeifahrenden Boot zu. Der Bootsführer freute sich, sie im Austausch für ein wenig Klatsch mitzunehmen. Vom Oberbau nahmen sie einen Aufzug den Schaft hinunter zur zentralen Unterseekuppel. Fünf Minuten später waren sie im Allerheiligsten des Direktors. Drei dieser fünf Minuten hatten sie gebraucht, um es zu finden.

Stämmig und zottig inmitten herumliegender ozeanischer Erinnerungsstücke, die die Wände füllten und den Boden bedeckten – Bücher, Bilder, Instrumente, ein Taucherhelm aus alten Zeiten, Korallen, ausgestopfte Fische, Harpunen, Gott wußte, was sonst noch –, bewegte Randall Hightower Yvonnes Hand auf und ab, bis Skip halb und halb erwartete, aus ihrem Mund Wasser hervorschießen zu sehen. Er dröhnte ihr sein Willkommen entgegen. »Sicher, sicher, meine Dame, für Sie tun wir alles! Ich nehme zum stündlichen Abspielen über das ganze Lautsprechersystem eine Anmerkung auf: Sie müssen sich schonen und wollen keine Veröffentlichungen, und würde bitte niemand während der nächsten Tage ans Telefon gehen, um Onkel Oskar in Keokuk oder Cousin Tshing-Tschang in Shanghai anzurufen und auszuposaunen, daß er Yvonne Canter persönlich zu Gesicht bekommen hat. Das verstehen sie schon. Sie können Vertrauen zu ihnen haben. Sie wissen ja, was für gehemmte, verschlossene Kaninchen wir Wissenschaftler sind. Ich halte mich auch immer noch für einen. Jemand muß zwar dieses Durcheinander verwalten, aber sobald ich kann, schleiche ich mich in mein Labor. Experimentiere mit Alkohol aus Plankton. Es gibt hier natürlich größere Sachen. »Allison!« Er schlug seiner hübschen Sekretärin, die neben ihm stand, auf den Popo. »Halt mal eine Weile die Stellung! Falls jemand darauf besteht, daß er mich unbedingt gleich sprechen muß, wirf ihn in den Graben von Mindanao. Ich führe diese Leutchen ein bißchen herum.«

»Die Ankündigung«, erinnerte ihn Yvonne.

»Sofort, Dr. Canter«, sagte er voller Anbetung.

Die restlichen Stunden waren ein Besuch in einer Wunderwelt. Die mittlere Kugel war von einem Kranz anderer umgeben. Sie waren durch Tunnel miteinander verbunden und standen unter dem gleichen Druck wie das umgebende Meer, so daß Schwimmer ohne langwierige Druckanpassung durch gewöhnliche Luftschleusen herein und hinaus konnten. Der Durchgang zwischen ihnen und der Mittelkuppel erforderte natürlich eine Anpassungszeit in der Druckkammer. Neben der atmosphärischen Dichte mußte die Zusammensetzung der Luft verändert werden – in einem Tempo, das es dem Körper gestattete, mit der Veränderung fertig zu werden.

Der Helium-Anteil machte die Stimmen schrill bis an die Grenze der Unverständlichkeit. Es war ein Erlebnis, Hightower quietschig dröhnen zu hören. Er stattete seine Gäste mit Kopfsprechern aus, die die Lautfrequenzen herabschraubten. Die Meeresleute machten sich diese Mühe selbst nicht. Sie waren den oberen Frequenzbereich gewohnt und entwickelten nach und nach eine Reihe von Dialekten.

In zwei-, dreihundert Jahren oder weniger, dachte Skip, *gibt es eine völlig neue Unterwasserzivilisation.*

Die Fenster der Druckkammer blickten hinaus auf schwach grünlich beleuchtete Gewässer, die hier und da von Lampen erhellt wurden; auf überkrustete Felsen, aufwärts schwankende grünbraune Algen, auf Fische, Krabben, Hummer, Schalentiere, Kraken, fischgleiche Menschen, auf Luftblasen von den Mc-Pherson-»Kiemen«, die dem Wasser Sauerstoff für die Schwimmer entzogen; auf einen kundschaftenden Mörderwal und einen Menschen, der ihn lenkte ... *Eine ganze neue Welt,* begeisterte sich Skip. *Kunstformen, die sich Landmenschen nicht ausdenken könnten. Falls ich mich endlich doch mal niederlasse – warum dann nicht in einer Meeresboden-Kolonie? Die größten haben jetzt schon Platz für Frauen und Kinder. Sicher können sie irgendwo auch einen Maler mit reinquetschen ...*

Als Laboranten Yvonne in ein Gespräch zogen, fand er Gefallen an der äußeren Form wissenschaftlicher Apparate. Ekstase überkam ihn, als Hightower ihn und Yvonne auf eine Fahrt in einem Superglas-Unterseeboot mitnahm. Als sie endlich an Bord zurückkehren mußten und die Wikinger ablegten, überschüttete er Yvonne beim Abendessen mit einem Geschnatter, als habe er Marihuana geraucht oder sich vollaufen lassen – allerdings fand sie, daß sein Gerede tatsächlich fast brillant sei. Seine Fröhlichkeit steckte sie an. Hinterher gingen sie im Bellman-Club tanzen und tranken Champagner.

Vor ihrer Tür sagte sie: »Danke für einen wundervollen Tag. Dein Tatendurst hat ihn so wundervoll gemacht.«

»Danke *dir*«, erwiderte er. »Hauptsächlich für deine Gesellschaft, aber auch für die Magnumflasche.« Es war ihm nicht gegen den Strich gegangen, daß sie gezahlt hatte. »Nicht zu erwähnen all das andere, was ich deinetwegen sehen konnte. Was für erstklassige Kost das war! Mir tut's leid, daß es jetzt bald aufhört.«

»Wir sind doch weiter zusammen«, hauchte sie.

Ihre Augen, ihre Lippen, ihr leichtes Vornüberschwanken konnten nicht mißverstanden werden. Der Kuß dauerte länger als die meisten Küsse, und sie war besser, als er erwartet hatte.

Sie lösten sich. Sie öffnete die Tür. Er machte versuchsweise eine Bewegung, als wolle er ihr folgen. »Gute Nacht, Skip«, sagte sie sanft. Er blieb stehen. Er war sich nicht klar darüber, ob sie wollte, daß er drängte; sie war die erste hochgradige Normale, mit der er bisher etwas von Belang zu tun hatte, und außerdem noch acht Jahre älter als er. »Gute Nacht.« Die Tür schloß sich hinter ihr.

Na schön, dachte er. *Vielleicht später mal. Es könnte ja . . . weiß nicht . . . noch eine andere Dimension sein für etwas Großartiges – oder bin ich nur neugierig?* Nicht gewohnt, über seine Gefühlsregungen nachzudenken, machte er mit der Spekulation Schluß und schlenderte zu seiner Kabine.

»Kein Glück, was?« fragte Andrew Almeida.

»Nein«, antwortete das Gesicht auf dem Bildschirm seines Schreibtischtelefons. »Jede nur denkbare Kombination von Mensch-Sigmant-Folgen, ausgestrahlt auf jedem greifbaren Frequenzband, angefangen mit dem, auf dem er uns angefunkt hat, als er das erstemal hier ankam . . . Überall Ergebnis Null. Kein Piepser als Antwort.«

»Hm. Kann Funk diesen Energieschirm durchdringen? Was meinen Sie?«

»Wenn der Sigmant senden kann, was er ja vor drei Jahren getan hat, dann kann er auch empfangen. Nein, ich nehme an, daß er entweder unsere Nachricht nicht als die Bitte um weiteren Ausbau unserer Verständigung begriffen hat, oder daß sein Interesse an uns immer noch ganz nebensächlich ist. Oder daß ihn Triebkräfte leiten, die wir nicht begreifen können.«

»Verdammt!« Almeida kaute auf seinem Schnurrbart herum, was ihn daran erinnerte, daß der Bart einer unmilitärischen Länge entgegenwuchs. »Gut, wenigstens haben es die Russen und Chinesen auch nicht geschafft.«

»Meinen Sie, daß die es versucht haben?«

»Ich weiß, daß sie es versucht haben. Wir kümmern uns um derlei Dinge . . .«

Der Wissenschaftler zügelte sich mit sichtlicher Mühe. »Warum unternehmen die Nationen ihre Anstrengungen doppelt und dreifach? Und übrigens, Oberst: Warum bin ich angewiesen worden, nur Ihnen zu berichten?«

»Die erste Frage beantwortet die zweite«, sagte Almeida. »Wenn ich die Instruktionen wiederholen muß, die Sie in Sachen Sicherheit erhalten haben, sollten Sie sich überlegen, ob Sie nicht Ihr Entlassungsgesuch schreiben wollen.«

9

Da sie die See aberntete, hätten die Wikinger sich an feste Fahrpläne selbst dann nicht halten können, wenn sie die Absicht gehabt hätten. Erst auf der letzten kurzen Strecke ihrer Reise erfuhr Yvonne, wann ihre Reise enden sollte. Sie veranlaßte, daß die Gemälde-Doppel mit der Post zur Basis geschickt wurden. Die Regierung hätte sich mit Recht gegen die Kosten einer nochmaligen Funkübermittlung gesträubt, zumal nachdem Skip seine Liste dessen eingereicht hatte, was er sonst noch wollte — Bilder, Tonfiguren, asiatische Schüsseln und eine griechische Urne. »Ich könnte eigentlich auch gleich mein Gepäck mitschicken«, sagte sie.

»Eh! Behalte wenigstens einen Koffer«, sagte Skip. »Wir springen doch wohl nicht gleich in das erste Flugzeug nach Denver.«

»Ich weiß nicht«, sagte sie gegen ihren Willen. »Ich habe nachgedacht, und . . .«

»Ach, komm! Vergib doch nicht deine letzte Chance, eine freie Frau zu sein. Ich kenne hier Sachen, die kein Tourist zu sehen bekommt, und damit meine ich nicht etwa wohlanständige Hinterhöfe.« Er zupfte sie am Ärmel. »Nun sag schon ja. Wirf 'ne Zahnbürste und ein paar Klamotten in eine Tasche. Mach schnell, wenn du zusehen willst, wie wir anlegen.«

Sie gab nach. »Ich bin ein böses Mädchen. Der Oberst wird entsetzt sein. Und er ist wirklich ein netter Mann.«

»Was du brauchst«, grinste Skip, »ist Übung im Bösesein. Ich bilde dich aus. Machen wir uns auf die Socken.«

Oben bot sich ihnen eine eindrucksvolle Szene. Der blaue Glitzer der San Pedro Bay lag fast völlig unter Schiffsschwärmen versteckt – hinzu kamen Schlepper, Lastkähne, Fischerboote, Jachten, Polizei- und Wasserreinigungsboote. Private und Geschäftshubschrauber erfüllten den Himmel; darüber zogen sich Kondensstreifen kreuz und quer über den Himmel. Vor ihnen dehnte sich die Unmeßbarkeit der Superstadt: die tausend Pastellschattierungen der Gebäude, von grünen Parks gesäumt, durchbrochen von turmgleichen Wolkenkratzern, zusammengehalten von himmelstrebenden Bögen der Bahnen. Jede Einzelheit war in der kristallklaren Luft von Los Angeles diamantenscharf zu sehen. Das Geräusch von Menschen und Maschinen quoll heraus – ein tiefes, stetes Mühlsteingeräusch, das an die Gezeiten erinnerte. Oder an den Pulsschlag einer großen Tieres.

Es war heiß, und die Matrosen hasteten durcheinander. Skip und Yvonne fanden schattige Zuflucht auf einem unteren Deck. »Was sind das denn für untouristische Sachen?« fragte sie.

»Fürchte, die interessantesten Läden werden wir nicht besuchen«, sagte er. »Die sind zu blutvoll. Ich meine blutig.«

Sie warf ihm einen auskunftheischenden Blick zu.

»Ich hab' mich eine Zeitlang in Unterweltskreisen rumgetrieben. Ich wollte nicht mitmachen, ich war nur der Rausschmeißer in einem Nachtlokal. Das führte dazu, daß ich verschiedene echte Unterweltler kennenlernte, und nachdem ich einem in einer bösartigen Keilerei geholfen hatte, fraß er einen Narren an mir und ... Ach, lassen wir das. Ich will keine romantische Helden-Arie singen. Jedenfalls, was ich gesehen und gehört habe, hat gereicht. Ich bin weitergezogen, obwohl es mir dort gefallen hatte.«

Da er fröhlich den Trubel um sie her beobachtete, konnte sie ihren Blick auf ihm ruhen lassen. Die Wegwerf-Jacke, die er an Bord gekauft hatte und die durch die ungeheure Bauschung am Kragen und die rote Farbe ihre billige Qualität verkündete, trug er, als ob sie und die ausgewaschenen Hosen und die schiefgelaufenen Schuhe letzte Mode aus Rio wären. Das braunlockige Haar stand ihm zu Berge; darunter waren das sommersprossenübersäte braune Gesicht, die jungenhafte Nase, der bewegliche Mund. Und die grünen Augen – das Lebendigste, in das sie je gesehen hatte. Wieso hatte es ihm, dem Kind langer Straßen und offener Witterung, wohl gefallen, seine Nächte in Qualm und Krach zu verbringen? Im Atemhauch bösartiger Schwachsinniger? Wegen eines Mädchens ohne Zweifel. Oder wegen einer Reihe von Mädchen? Sie konnte sich vorstellen, wie dieser harte, biegsame, warme Körper einem ganzen Mädchenchor Freude schenkte.

Sie konnte sich als Mitglied dieses Chors vorstellen.

Ich verliebe mich doch nicht etwa in ihn? Der Gedanke war bestürzend. Oder vielleicht doch nicht? Sie fragte hastig: »Wo sollen wir hingehen?«

»Wie wär's wenn wir eine Freßtour durch die Afrostadt machen! Natürlich bist du schon mal irgendwann da gewesen, aber ich wette, du hast nur in Restaurants gegessen, die im ganzen Land Reklame machen.«

»Nein«, sagte sie. »Ich habe mich hauptsächlich an der Afro-Universität aufgehalten; da gibt es zwei erstklassige Sprachwissenschaftler. Die beiden Kollegen sind über diese Folklore-Fassade etwas verbittert. Sie wollen nicht, daß ihre Gemeinde als Neuausgabe von Chinatown bekannt wird.

»Dann sollten diese prominenten Soziologen mal ihre prominenten Ärsche heben und entdecken, wieviel es in jeder Chinatown außer Touristenfallen noch gibt. Was die Afrostadt angeht – ich garantiere dir, daß du kein Neppzeug zu essen bekommst.«

Sie biß sich auf die Lippe. *Wie soll ich das jetzt sagen?* »Du mußt jetzt aber aufpassen, was du ... ausgibst ... bis du bei der Regierung auf der Gehaltsliste stehst«, brachte sie mühsam heraus. Es sei denn, du ... läßt mich zahlen. Ich leihe dir was, wenn du willst, bis du ...« Sie blieb stekken, und ihre Wangen glühten von mehr als nur dem Licht, das von dem Wasser herauf über ihr Gesicht tanzte.

Skip sah sie überrascht an. »Was hast du?« Seine Verwirrung klärte sich. »Oh ja. Angst vor dem männlichen Stolz. Sicher, Yvonne, merke dir alles und präsentiere mir nach meinem ersten Zahltag, was ich dir schulde.«

Wie soll er unter den Normalen überleben? trauerte sie. *Die Welt der Normalen ist nicht für die Leichtherzigen und die Leichtfüßigen. Er überlebt da nicht, und es ist ihm gleichgültig. Wenn er es müde wird, im Eichhörnchenkäfig herumzulaufen, springt er heraus und nimmt keine importierten, gerösteten und gesalzenen Cashewnüsse mehr an; dann geht er fröhlich in seinen Wald zurück, wo die Eicheln kostenlos wachsen. Ich bin schon zu sehr auf den Käfig und die Cashews eingestellt. Ich kann auch nicht vergessen, daß der Käfig mit der Achse verbunden ist, die die Welt in Bewegung hält. Wenn die Welt anhalten würde, müßte auch der Wald sterben.*

Das Schiff war an der Pier vertäut. »Na, dann wollen wir mal«, sagte Skip. Er nahm ihre Koffer. Sie hatten sich schon verabschiedet, so daß sie ohne Umstände von Bord gehen konnten. Sie brauchten der Maschine am Tor nur zu beweisen, daß sie Bürger der Vereinigten Staaten waren; und dazu genügte schon eine Kreditkarte.

Es graute ihr davor, einem Mann von der Basis zu begegnen oder von einem höflichen Geheimagenten angesprochen zu werden. Aber nichts Derartiges geschah – vielleicht wegen der geschickten Art, in der Skip mit ihr durch ein Warenhaus steuerte statt durch das Passagier-Empfangsgelände. Als sie in der Stadtbahn saßen und der Zug aus der Station fuhr, sagte sie: »Jetzt bin ich ein unrettbar böses Mädchen.«

»Wir kriegen dich noch schlimmer hin«, versprach Skip. Er sah auf eine Faltkarte. »In Lomita müssen wir umsteigen, und dann nehmen wir den Hafen-Expreß, der geht direkt zur Afrostadt durch.«

10

Zu seiner Überraschung entdeckte Skip, daß Andrew Almeida ein Mann war, den man mögen konnte — üblicherweise gelassen und von leichter Hand, gesprächig und ein guter Zuhörer, Inhaber eines Dr. habil. in Geschichte, feinfühliger Anhänger der Künste. Und Oberhaupt einer reizenden Familie, deren Gastfreundschaft an Wochenenden in ihrer Berghütte groß und ungekünstelt war.

Das war so ungefähr die einzige Muße, die Skip hatte. Sonst hatte er ein Zimmer in der Basis, und wenn er nicht in Besprechungen saß, wurde er geschult. Er mußte die Ergebnisse von drei Jahren Sigmantenforschung nachholen, mußte sie im Schlaf rückwärts aufsagen können. Denn wenn sein Plan funktionierte, konnte niemand vorhersagen, was das Wesen tun würde; und seine Reaktion darauf sollte andererseits nicht blindlings sein. Gut — das fand er fantastisch. Nicht einmal die Enthaltsamkeit störte ihn allzu sehr. Als er in die Erdumlaufbahn gebracht wurde, um die Grundzüge des Verhaltens im freien Fall zu erlernen, und als er die Mutter der Menschheit nicht als Abbildung, sondern in Natur zwischen den Sternen leuchten sah — das war der bisher größte Augenblick in seinem Leben.

Inzwischen war wohl das FBI damit beschäftigt, seine Vergangenheit zu durchforschen. Er grinste und wünschte ihnen viel Freude dabei. Yvonnes Einfluß hatte ihm eine einstweilige Zugangserlaubnis zu Geheimsachen verschafft.

Nach einem Monat kam Almeidas letzte Instruktion wie ein Hammerschlag.

Almeida saß hinter einem Schreibtisch in seinem Büro, Skip und Yvonne auf Stühlen davor. Ein offenes Fenster ließ kühle Luft, Gerumpel und geschäftiges Treiben herein. Man sah die Gebäude gegenüber und, dahinter, ein Teilstück der kirchturmähnlichen Rakete, die sich in der Morgendämmerung auf einer Flammensäule erheben und den blauen Himmel durchstoßen würde.

Almeida stopfte seine Pfeife. »Ich wünschte, wir hätten mehr Zeit zur Vorbereitung dieser Mission gehabt.«

Yvonne zog an einer Zigarette. Obwohl sie gespannt und zappelig wirkte, bewunderte Skip das Adlerprofil, die schräggestellten Augen, das glänzende Haar und die Figur unter dem strengen Geschäftskleid – verdammt gut auf schlanke, langbeinige Art ... »Wir sind so vorbereitet, wie man nur sein kann«, sagte sie. »Wenn wir trödeln, geht der Sigmant vielleicht auf einen neuen Ausflug; oder ganz nach Hause.«

»Richtig«, stimmte der Oberst zu. »Oder jemand kommt unabhängig auf Skips Idee.«

Yvonne richtete sich in ihrem Stuhl auf. »Andy«, sagte sie, »die Art, wie wir alles für uns behalten haben, gefällt mir nicht. Unter anderem möchte ich gern mit meinen ausländischen Kollegen darüber sprechen, besonders mit Duclos. Er kommt bestimmt auf wertvolle Gedanken, zumal er im Privatleben Genießer ist. Ich habe Ihnen bisher gehorcht, weil wir genug damit zu tun hatten, alles zu erklären und bis ins einzelne zu planen. Aber ich will dieses Schweigen jetzt nicht mehr.«

Skip zog sich an einem Ohrläppchen. »Äh, mir ist das so vorgekommen, als ob die Geheimhaltung keine allzu schlechte Sache wäre, Yvonne«, warf er ein. »Nach dem, was dir passiert ist und ... wenn wir mal an Bord sind, können wir sowieso nichts mehr vertuschen.«

»Das«, sagte Almeida, »wollen wir heute besprechen.«

Aus seinem Feuerzeug schoß eine Flamme, ein unerwartet lautes Geräusch. Skip tastete mit einer Hand nach dem Messer, das zu erwähnen er hier nicht für nötig gehalten hatte.

Almeida brachte eine beträchtliche Qualmwolke hervor, bevor er sich auf den Schreibtisch stützte und mit ungewohnter Bedeutungsschwere sagte: »Wir haben die entsprechenden ausländischen Stellen davon in Kenntnis gesetzt, daß wir morgen ein Boot hochschicken. Sie haben ihre Radar-Überwachung ja ebenso wie wir. Aber wir haben behauptet, daß es eine Routine-Überprüfung am äußeren Rand des sigmantischen Energiefeldes ist. Wir wollen angeblich feststellen, ob es da irgendwelche Veränderungen gegeben hat. Es hat nie welche gegeben, wissen Sie, aber es ist nur vernünftig, das ab und zu neu zu überprüfen; und die Manöver sind gute Übungen für die Astronauten.

Niemand wollte mitkommen, wie wir es auch nicht anders erwartet hatten. Sie werden in unmittelbarer Nähe des

Sigmantenschiffes Ihre Umlaufbahn erreichen und Ihr Programm auf der ursprünglichen sigmantischen Wellenlänge senden — zum Empfang im Umkreis von nicht mehr als ein paar Kilometern. Auf diese Weise kann Ihre Sendung geheim bleiben.«

»Hä?« rief Skip. »Jetzt warten Sie mal eine Minute.«

Almeida hob eine Hand. »Sie brauchen mir nichts zu erzählen. Ein schmutziger Trick, eine Verletzung feierlicher Übereinkünfte. Aber stellen Sie sich vor, daß der Sigmant reagiert, indem er Ihnen einen vollständigen Satz Pläne von seinem Schiff übergibt. Das ist doch nicht von der Hand zu weisen. Wir sind offensichtlich eine Rasse, die sich für Technologie interessiert. Oder etwas noch weniger Vorhersehbares ergibt sich.« Die Hand wurde zur Faust und schlug auf die Tischplatte. *»Wir wissen es nicht.* Und es gibt keine soliden internationalen Vereinbarungen darüber. Sie brauchen also nicht chinesische Unversöhnlichkeit oder amerikanische Paranoia dafür verantwortlich zu machen, oder wer sonst Ihr Prügelknabe ist. Lassen Sie sich das Problem lediglich zur Vorbereitung auf Ereignisse durch den Kopf gehen, die man sich nicht echt vorstellen, geschweige denn voraussagen kann. Je mehr Spieler es in diesem Spiel gibt, desto unsicherer wird es.«

Er seufzte. »Wenn Sie zu dem Sigmanten eine Verbindung herstellen, können Sie ihn vielleicht darum bitten, sich hier nicht mehr sehen zu lassen, bis die menschliche Rasse erwachsen ist«, sagte er. »Aber ich hoffe, daß eine andere Möglichkeit wahrscheinlicher ist. Vielleicht erweist sich der Wissensstoff als ungefährlich, wenn er nur nach und nach bekanntgemacht wird. Dann können wir zu der früheren Offenheit zurückkehren. Aber im Augenblick führen wir hinhaltende Gefechte.«

Yvonnes Lippen zitterten. Sie betupfte ihre Augen.

»Was ist nun, wenn uns der Sigmant zum Tee einlädt?« fragte Skip. »Wir haben uns doch so ungefähr vorgestellt, daß er das macht, wenn unser Plan funktioniert. Und dann? Bemannte Satelliten halten doch ständig danach Ausschau, daß dieser Regenbogen angeht.«

»Vielleicht können Sie ihn irgendwie dazu veranlassen, das Signal wegzulassen«, meinte Almeida. »Oder wenn Sie an Bord gegangen sind, können Sie ihn vielleicht dazu überreden, das Kraftfeld hinter Ihnen wieder zu schließen. In einem solchen Fall werden wir empörte Proteste damit abwimmeln, daß wir behaupten, offensichtlich habe sich ein Mißverständnis ergeben ... Die Verantwortung ruht auch nicht allein auf Ihren Schultern. Ihr Pilot und sein Kopilot sind sorgfältig ausgewählt worden. Major Tewlis hat Kampferfahrung — der Felsenzwischenfall zum Beispiel. Hauptmann Kurland ist von der Luftwaffen-Abwehr. Lassen Sie mich Ihnen jetzt verdeutlichen, nach welchen Regeln Sie handeln werden.«

Skip hatte sich in den Anblick des Raumschiffs verloren. Dieser heitere Tanz von Masse und Form, wo sich Sonne und Schatten rhythmisch ablösten, war wie die Erde im Universum, wie Musik, wie Liebe, Abenteuer und Erschaffung. Man konnte es nur erleben, indem man es erlebte. Die Worte der besten Schriftsteller, die Bilder der besten holographischen Fotografen hatten nie auch nur angedeutet, was er hier sah.

Diese Speerspitze, jene Kurve, da die Spirale: Ja, ich sehe, wie sie zu einem Ganzen zusammenfließen und erneuert wieder hochstreben.

Kurland tippte ihm auf die Schulter. »Wir befinden uns in der Umlaufbahn, Mister Wayburn.«

Aus seiner Versunkenheit gerissen, prallte Skip gegen seine Haltegurte. Die Kabine drängte sich mit ihren Instrumenten um ihn, die Luft schmeckte schal, eine Pumpe machte ein wieherndes Geräusch. Die Gewichtslosigkeit war angenehm, aber er wußte, wie sehr sie ihn behindern würde, das Fenster, durch das er gestarrt hatte, war klein und verschmiert. »Oh. Oh, ja«, murmelte er dümmlich.

»Können Sie gleich anfangen?« fragte Tewlis.

»Ja, natürlich.« Yvonne begann sich loszumachen.

»Denken Sie daran«, sagte Kurland zu Skip, »von Zeit zu Zeit müssen wir die Düsen durchpusten, um den Kurs zu korrigieren. Wird nicht mehr als höchstens ein Zehntel Schwerkraft sein, und wir warnen Sie vorher.«

Skips Nicken war ungeduldig. Zu voller Wachsamkeit zurückgekehrt, brannte er darauf, seine Aufgabe auszuführen.

Wenn er Glück hatte – welche Herrlichkeiten mochte er dann sehen! Er machte sich los und hangelte sich durch die Kabine zum Bild-Ton-Sender, wo er sich an einem Haltestrick festmachte und die Gegenstände auszupacken begann, die er mitgebracht hatte.

Yvonne half ihm. Ihre Stimme klang besorgt. »Fast möchte ich wünschen, daß es nichts wird.« Sie warf ihren Kopf zurück. »Nein, das wünsche ich nicht!«

»Wenn es so kommt«, sagte Skip unnötigerweise, »dann versuchen wir es weiter.«

»Woher wollen Sie wissen, daß der sigmantische Empfänger eingeschaltet ist?« fragte Kurland hinter ihm.

»Das können wir überhaupt nicht wissen«, sagte Tewlis. »Aber würdest du deinen nicht laufenlassen, damit alles aufgezeichnet wird, und die Bänder in gewissen Abständen abhören?«

»Meine Vermutung ist, daß ein Überwachungsinstrument darauf eingestellt ist, Krach zu machen, wenn etwas Lohnendes auftaucht«, sagte Skip. »Hoppla! Verdammt!« Ein Ballen Watte, die Verpackung einer Schüssel, entglitt ihm.

Tewlis fing ihn ein. »Ich verstehe immer noch nicht, auf welcher Grundlage Sie Ihre Ansichtsexemplare ausgesucht haben«, bemerkte er.

»Meist nur Vermutungen«, gestand Skip. »Wir mußten eine große Bandbreite zusammenbringen. Doch da dieses Boot nicht den Inhalt des Britischen Museums trägt, ist einer der Maßstäbe, daß der einzelne Gegenstand nur wenig Raum einnehmen darf. Die meisten Vorführungsstücke haben wir danach ausgewählt, was ihm nach unserer Meinung am ehesten gefällt. Ich kann Ihnen unsere Methode nicht erklären. Wir haben versucht, sigmantische Bräuche aus dem abzuleiten, was wir von dem Schiff gesehen haben, und daraus unsere Schlüsse zu ziehen. Um aber ehrlich zu sein – es war viel mehr Ahnung und Eingebung als Logik.«

»Meist Skips Ahnung und Eingebung«, fügte Yvonne hinzu. »Deshalb habe ich für ihn die Freigabe dieser Geheimhaltungsstufe bekommen. Buntscheckiger Hintergrund oder nicht, habe ich gesagt – wer hätte größere Erfolgschancen?«

Eine Stunde später waren nachgebildete Meisterwerke in genauer Reihenfolge gestapelt. Das »Drehbuch« der Schau lag festgeklammert vor ihnen. Er und sie sahen sich an und faßten sich bei den Händen. Er sah, wie der Puls in ihrer Kehle flatterte. Sein eigener Mund war trocken. *Schnell, was kann ich in diesem historischen Moment sagen? Der Adler hat ein Ei gelegt . . . Nein, zum Teufel, gehen wir einfach ran.* Er schaltete den Bildabtaster ein. Yvonne begann durch den Synthetisierer zu sprechen.

»Menschen . . . nähern sich . . . Sigmant. Menschen . . . nähern sich . . . Sigmant. Mensch-Sigmant. Mensch-Sigmant.« Schließlich nickte sie Skip zu. Der Bildschirm vor ihnen blieb leer, aber er nahm das erste Stück seiner Wahl, ein modernes graphisches Muster. Er glaubte nicht, daß der Fremde dessen feine Einfachheit mehr als entfernt interessant finden würde, aber es leitete über zu Fotografien von einem japanischen Tori-Tor, zu chinesischer Schriftkunst . . .

. . . Dürer, Michelangelo, Velasquez, Rembrandt, Corot, Motonobu, Lung-Mien, persische Miniaturen . . .

. . . der Schwung einer Hindutasse oder einer griechischen Vase, die Männlichkeit einer polynesischen Kriegskeule oder einer afrikanischen Maske, die düstere Grazie eines aztekischen Kristallschädels, der erhabene Reiz einer holzgeschnitzten russischen Ikone . . .

. . . Abbildungen von größeren Bildhauerwerken, Nofretetes Büste, Aphrodite und Nike, Rodin, Brancusi, Milles, Nielsen . . . Bilder von Parks und Gärten . . . Bilder von den edelsten und reizvollsten Häusern, die Menschen gebaut hatten, von Tempeln, Palästen, Hütten, Lauben, Schlössern, Grabmälern . . .

Denn das war der Einfall des Künstlers gewesen, daß der Reisende seine einsame Pilgerfahrt unternommen hatte, weil auch er Künstler war — auf der Suche nach nichts Geringerem als Schönheit.

»He!« schrie Tewlis. »Es ist angegangen! Wie ein gottverdammter Weihnachtsbaum!«

Skip krümmte sich wild herum. Von seinem Standort aus konnte er einen Rand des sigmantischen Schiffes sehen, einige Kilometer entfernt. Nicht länger sah der Weltraum dazwischen leer aus. Er war von Farben entflammt, von allen

Farben, angefangen bei tiefen, rein schillernden Tönen bis zu den sanftesten Farben, die ein Sonnenaufgang oder eine Blume in sich verschmelzen mochten. Das wirbelte und flakkerte und wand sich, bis es so war, als sei der Zuschauer Teil der Farben-Ekstase und befinde sich schon nicht mehr in diesem Kosmos.

Kurlands Stimme holte ihn zurück: »Meine Güte, da sind Sie aber durchgekommen! Die Einladung ist nie auch nur halb so hell oder lebhaft gewesen, stimmt's?«

»Stimmt«, sagte Tewlis. Und ganz leise: »Dafür gibt es noch keine Worte.«

»Vielleicht bei den Sigmanten«, sagte Kurland aus dem gleichen Gefühl des Wunders.

Yvonne brach in Tränen aus.

Tewlis schüttelte sich und wandte sich von dem Schauspiel ab. »Na ja, unsere Hoffnung, daß es Schein bleibt, war immer dünn«, sagte er tonlos. »Das Großartige ist — wir haben die Verbindung hergestellt; ihr beiden habt es getan. Und jetzt verfahren wir nach Plan Charlie.« Er schnallte sich los. »Ich helfe Ihnen, das Zeug zu verladen. Wir können diese Sachen einfach ins Regal schieben und so nach drüben ziehen, ist das richtig?«

»Ich mache die Raumanzüge und das Zubehör bereit«, erklärte Kurland.

Das Nordlichtwunder draußen ging im Durcheinander der Vorbereitungen unter.

»So«, sagte Tewlis, bevor er seine Sichtplatte schloß. »Gehen wir zum letztenmal durch, was zu tun ist. Wir bleiben wie üblich auf Wartekurs. Sobald Sie an Bord sind, tun Sie, was Sie für richtig halten. Wenn es Ihnen möglich ist, veranlassen Sie den Sigmanten dazu, den Eingang hinter Ihnen zu schließen. Dann verbringen Sie Ihre ganze Zeit damit, ihn davon zu überzeugen, daß er sich nur mit Amerikanern in Verbindung setzen soll. Ich weiß, was da von Ihnen verlangt wird — besonders, da Sie ganze vierzig Stunden haben, bis die anderen Schiffe kommen.«

»Vielleicht weniger«, sagte Kurland. »Wir wissen, daß sie seit Ihrer großen Nachricht, Dr. Canter, Schiffe mit eintägigen Countdowns in Bereitschaft halten. Aber es könnte auch jemand eine Überraschung im Hinterhalt haben.«

Yvonne zuckte zusammen. »Es wäre mir so peinlich, ich würde mich so schämen, wenn . . .«

Kurland schlug ihr auf die gepanzerte Schulter. Die Kraft des Schlages trieb sie ein Stück von ihm fort. »Haben Sie Ihre Ausrede vergessen?« fragte er. »Skips Idee kam Ihnen zu wild vor, als daß Sie sie hätten öffentlich verkünden wollen. Aber solange er als Neuling noch Schulung braucht, haben wir auf unserer unteren Ebene beschlossen (ohne uns die Mühe zu machen, Washington einzuschalten), es einfach mal zu probieren. Sie sind auf gut Glück mitgekommen. Niemand war entgeisterter als wir, als es sich auszahlte.«

Yvonnes Gesicht in dem Helm wirkte verloren und unglücklich. »Ich bin keine gute Lügnerin«, sagte sie. »Ich finde Lügen widerlich.«

»Ich bin Experte«, versicherte ihr Skip, »und wenn es nicht gerade Freunde von mir sind, macht mir ein bißchen Übung Spaß. Gehen wir?«

Innerhalb von zehn Stunden war Wang Li da. Skip und Yvonne hatten an die Außenwelt und an Wang Li nicht mehr gedacht. Dort in dieser gekrümmten Kammer, der Kuppel gegenüber, wo elfengleiche Kunststoff-Formen und Blätter und Blüten sich drängten, begannen sie jemanden kennenzulernen, der zwischen den Sternen umherzog.

»Das meiste von dem Netzwerk und sämtliche Pflanzen«, sagte Skip schwer atmend: »Ich wette meinen rechten Zeigefinger! Das ist keine Maschinerie, und zur Sauerstofferneuerung ist es auch nicht da; für diesen Zweck hat das Schiff wirksamere Systeme. Das ist zur Freude da. Zur Erneuerung des Geistes.«

Yvonne betrachtete die tropfende, umfängliche, unebene Gestalt auf der anderen Seite. Inzwischen waren alle Ansichtsgegenstände durch den seltsamen Durchgang gewandert. Der Sigmant war in die Betrachtung der Fünf Schwestern aus dem New Yorker Münster versunken. »Er ist gar nicht scheußlich«, sagte sie leise. »Auch nach unseren Maßstäben nicht, wenn man ihn richtig ansieht.«

»Das hätte ich euch auch vor drei Jahren schon sagen können«, antwortete Skip.

Eine Erinnerung ging ihm durch den Kopf — an das, was

er ihr gesagt hatte, als sie auf dem Wikingerschiff zum erstenmal allein gewesen waren. »Weil den meisten Leuten der Geschmack fehlt, um zu erkennen, daß der Sigmant nicht abstoßend ist, nehmen sie es wohl unterbewußt als selbstverständlich hin, daß er ein Spießbürger sein muß. Sicher, viele Nachdenkliche haben gemeint, daß er an unserer Kunst interessiert sein könnte, etwa so, wie wir an sigmantischer Kunst interessiert wären — nämlich als Außenstehende, die eine Erscheinungsform begutachten und ein wissenschaftliches Papier darüber schreiben.

Die Kunst, die sie ihm zu Anfang gezeigt haben, war ein derart kleiner Teil der Diagramme aus jüngster Zeit und dann auch noch so zufällig ausgesucht, daß unser Kumpel sie vielleicht nicht mal als Kunst erkannt hat. Und das Hauptgewicht haben wir sowieso auf sprachliche Verständigung gelegt. Jeder dachte, wenn das erst erreicht ist, kann alles andere in Ruhe besprochen werden. Die haben vergessen, daß Worte bei weitem nicht die einzige Sprache sind. Es ist ihnen nicht in den Sinn gekommen, daß der Sigmant diese ungeheure Reise zu *keinem* anderen Zweck als zur künstlerischen Inspiration unternommen hat — und die Planeten so viel davon beisteuerten, daß ihm die Zeit leid tat, die er auf uns verwendete. Er sah ja nur, daß wir ihm nie etwas von dem brachten, was er ganz besonders wollte . . .«

Seine Rückschau brach ab. Der Sigmant näherte sich der Kuppelwand. Die Fotografie hielt er leicht in einer Klauengruppe. Die umgebenden Tentakel-Finger hatten von einem Ablageplatz hinter den Ranken ein Album über den Parthenon genommen. Eine weitere »Hand« hielt den Bildprojektor.

Skip schwebte dicht heran. Er schoß einen Purzelbaum und fluchte. Seine Unerfahrenheit mit dem freien Fall hielt ständig irgend etwas auf. Endlich fing er sich; Skizzenblock und Bleistift waren bereit. Sie hatten auch eine holographische Ausrüstung mitgebracht, aber im Augenblick schien ihr Gebrauch nicht angezeigt.

Der Sigmant zeigte auf die Bilder, wobei er Lichtlinien zeichnete, die weiterglühten, bis er sie löschte oder abänderte. Skips Stift flog über das Papier.

»Aha«, dachte er laut vor sich hin. »Er ist fasziniert von

dem Unterschied zwischen antiker und gotischer Architektur ... glaube ich jedenfalls. Was haben die denn gemeinsam? Tja, den Goldenen Schnitt zum Beispiel ... Ich nehme an, das kann ich ihm klarmachen ...« Seine Gefährtin fiel ihm wieder ein. »Hör mal, Yvonne, hier haben wir eine Chance, die Wortsprache ein bißchen zu erweitern, wenn ich ihm beibringen kann, daß ich für seine Bereitschaft, Worte zu lernen, Skizzen von mir eintauschen will ...«

Eine Gestalt in einem Raumanzug flog herein. »Oh!« Yvonne schrie halb auf.

Wang Li bremste seine Flugbahn ab, fing sein Gepäck ein und öffnete den Helm. Kalte Wut ließ seine Gesichtszüge erstarren. »Was ist das?« verlangte er zu wissen. Ein Zeigefinger stach in Skips Richtung.

Dem Sigarun sträubten sich die Nackenhaare. »Das passende Wort ist ›wer‹, mein Lieber. Oder wenn Sie Ihre Frage wörtlich meinen, dann ist das mein Bauchnabel.«

Yvonne schwebte ziellos umher und schluckte. »Sie ... Professor Wang ... s-s-so bald?« stammelte sie.

Der Chinese stierte sie an. »Mein Dienst hat sich gegen Verräterei abgesichert. Ich hatte immer noch gehofft, die Sicherheitsvorkehrungen würden sich als unnötig herausstellen.«

»Aber ... nein, nein ...«

»Ich nehme an, daß Sie keinen Mord vorhaben«, sagte Wang Li. »Ich werde meinen Begleitoffizier davon in Kenntnis setzen, daß er zu unserem Schiff zurückkehren kann.« Er schwebte hinaus.

Skip wollte Yvonne in die Arme nehmen und trösten. Der Versuch war ein Fiasko; am Ende schlug er nur in der leeren Luft um sich, während Skizzenblock und Stift außer Reichweite trieben. Sie blieb in ihrer Trostlosigkeit allein. Der Sigmant stieß ein tutendes Geräusch aus. »Tut mir aufrichtig leid«, murmelte Skip ihm zu.

Wang kehrte zurück und begann seinen Raumanzug abzulegen. Skip trieb ihm nahe genug, daß es für einen Händedruck ausgereicht hätte, hielt sich aber zurück. Er brauchte eine Minute, um sich von seinen Drehungen in der Luft und dem folgenden Schwindelgefühl zu erholen, bevor er sagen konnte: »Ich möchte mich vorstellen. Mein Name ist Thomas Wayburn. Sie müssen Wang Li sein, von dem ich gesprächsweise gehört habe. Es ist mir eine Ehre, Sie kennenzulernen.« *Wie der Kerl, der geteert und gefedert und aus dem Dorf geprügelt wurde. Als er später gefragt wurde, wie er sich dazu stellte, sagte er, von der Ehre abgesehen, wäre es ihm lieber gewesen, sie hätten's nicht gemacht.* »Ich bin ein Neuer, der anscheinend die erstaunlichste Entwicklung in diesem Vorhaben ausgelöst hat, seit ...«

»Ja, Sie haben sich eine aalglatte Geschichte zurechtgelegt«, sagte Wang. »Bitte ersparen Sie sie mir. Was sind diese Gegenstände in der Kuppel? Bilder und ... Dies war keine impulsive Tat. Wohin zielt Ihre Verschwörung?«

Skip wurde es erspart, darauf unmittelbar zu erwidern, weil der Sigmant verschwand. Yvonne faßte sich und sagte: »Gerade, als wir hier Interesse, ja, Eifer geweckt hatten, sind Sie hereingeplatzt.«

Wang kniff den Mund zusammen. Er fuhr fort, sich aus dem Raumanzug zu schälen und seine Wohnvorbereitungen zu treffen. Skip dachte: *Jetzt kommen wir zu Plan Delta. Obwohl ich bezweifle, daß wir eine Gelegenheit finden werden, ihm den Hut über die Ohren zu ziehen. Wahrscheinlich werden wir wieder zu voller Ehrlichkeit und Offenheit gezwungen sein. Schön, das ist auch angenehmer ...*

Es gab kein Geräusch, keine Erschütterung. Plötzlich trieben sie und alles, was lose herumschwebte, auf den Kuppel-Fußboden zu, ein langsames und sachtes Hinab — ja, Hinab, denn Oben und Unten gab es wieder ... Minute um Minute nahm das Gewicht zu, und Wang schrie laut etwas auf Chinesisch. Yvonne zog scharf den Atem ein. Skip rief: »Das Schiff bewegt sich!«

Wangs schlanke Gestalt lehnte sich vor. »Schnell!« raunzte er. »Zu vieles ist in der Erwartung fortdauernder Schwerelosigkeit über diesen Raum verteilt worden. Wir müssen die Apparate neu aufstellen, bevor sie ineinander kippen und unbrauchbar werden.«

Skip respektierte ihn dafür; und die Arbeit brachte ihn von den Gedanken über ihr weiteres Schicksal ab. Nicht, daß er Angst gehabt hätte. Der Sigmant konnte sich die Menschen mit wirksameren Mitteln vorknöpfen, wenn er wollte. In Skip tönte die Posaune der Erregung. *Wohin geht es mit uns?* Doch die nüchterne Aufgabe, das Durcheinander aufzuräumen, half ihm, sich einigermaßen im Zaum zu halten.

Als sie damit fertig waren, hatte der Beschleunigungsandruck eine gleichbleibende Stärke erreicht. Wang und Yvonne waren sich einig darüber, daß dies das Drittel der Erdschwerkraft war, das normalerweise beobachtet wurde, sobald das Schiff flog. Skip machte sich einen Spaß daraus, federleicht herumzuhopsen, bis sie ihn bat, damit aufzuhören. »Jetzt nicht! Wir müssen überlegen: Was sollen wir tun?«

»Warten, bis unser Gastgeber zurückkommt«, sagte Skip. »Weißt du was Besseres? – Und da ist er.«

Der Sigmant kletterte in dem Netzwerk herum und sammelte die Kunstgegenstände auf. Yvonne schüttelte den Kopf. »Meine Ohren tun mir weh«, beschwerte sie sich.

»Meine ebenso«, sagte Wang. »Und scheint es nicht, als sprächen wir lauter?«

Der Grund wurde Skip plötzlich klar. »Schluckt mal«, riet er ihnen. »Das gleicht den Luftdruck aus. Der Druck steigt nämlich. Ich wette mit Ihnen, Professor Wang – ich wette mit Ihnen um ein Abendessen im besten Restaurant von Peking, daß er zwei Erdatmosphären erreicht und dabei bleibt. Das können wir aushalten, und der Sigmant braucht das wahrscheinlich.« Er umarmte Yvonne. Sein Lachen kam halb wonnevoll, halb hysterisch. »Er will, daß wir zu ihm kommen!«

11

Gewiß hatten Kinder Adams nie zuvor auf dieser Seite der Grenze zwischen Leben und Tod eine so seltsame Reise gemacht.

Eine zeitlose Zeit hindurch, die Uhren und Kalender schließlich als sieben Wochen zusammen zählten, schwang das große Schiff im Sonnensystem umher; nicht bis zu den äußeren Bereichen. Das hätte in der unvorstellbaren Riesenhaftigkeit dieses letzten, verlorenen Wirbels am Rand des Milchstraßenstrudels länger gedauert. Aber die Geschwindigkeit, die von Augenblick zu Augenblick stieg, brachte es vom Startpunkt in siebzig Stunden hundert Millionen Kilometer weit. In den nächsten siebzig Stunden kam die dreifache Entfernung hinzu; und so ging es weiter. Wenn die zweite Hälfte der Überfahrt von Welt zu Welt für das Abbremsen beansprucht wurde, wurden interplanetarische Reisen immer noch in Tagen gemessen.

Ebenso wenig war die reine Reisezeit leer oder langweilig. Besonders für Skip floß jede wache Minute von Entdeckung und Errungenschaft über. Schiere körperliche Erschöpfung ließ ihn in einen Schlaf taumeln, der fast eine Bewußtlosigkeit war; aber wenn er erfrischt aufwachte, galt sein Heißhunger weniger körperlicher Nahrung als weiterer Arbeit, weiterer Verzückung.

Die praktischen Probleme waren schnell aus dem Weg geräumt. »Ich hoffe doch, der Sigmant weiß, daß unsere Nahrungsvorräte begrenzt sind«, sagte Yvonne.

»Essen wir in seiner Gegenwart und machen wir Gesten«, schlug Wang vor.

»Nein, lassen Sie mich Bilder zeichnen«, widersprach Skip. »Wir begreifen bereits jeder den graphischen Dialekt des anderen. Das Hauptproblem besteht daraus, daß er an dreidimensionale Wiedergabe gewöhnt ist, zu der außerdem eine Art Röntgenstrahl kommt. Aber ich kann mir wahrscheinlich seinen Bildprojektor leihen, und außerdem weiß ich, daß er Perspektiven auf einer flachen Oberfläche begreift, denn wenn ich auf diese Art Würfel und so etwas aufmale, gibt er sie dreidimensional wieder und umgekehrt.«

Wang zeigte Ärger. Es war klar, daß er überflüssige Worte nicht liebte.

Der Sigmant verstand schnell – oder hatte er dieses Problem schon vorhergesehen? Er brachte sie in einen Raum, in dem eine rätselhafte quecksilberfarbene Vorrichtung summte, und machte Zeigebewegungen. Ein Barren aus bräunlichem Material glitt heraus auf ein Tablett (?). Skip und der Sigmant tauschten Skizzen aus. »Menschliche Nahrung«, meldete er.

»Wie kann er sicher sein, daß es so ist?« fragte sie unruhig. »Ich bin davon überzeugt, daß er es gut meint. Aber dieses Zeug ist für uns vielleicht zu neunundneunzig Prozent nahrhaft und zu einem Prozent tödliches Gift. Keiner von uns ist analytischer Chemiker.«

Skip zuckte die Achseln. »Schätze, wir brauchen ein Versuchskaninchen.«

Blick traf auf Blick. Wang sagte langsam: »Ich möchte nicht den Anschein erwecken, als habe ich Fischblut in den Adern, aber Mister Wayburn ist nicht ausgebildet und daher am entbehrlichsten.«

»Nein!« Yvonne packte Skips Handgelenk. Ihre Worte überstürzten sich. »Er ist es, ohne den wir nicht auskommen. Der Künstler, der . . . Sie oder ich, Wang Li!«

»A-ah.« Skip schüttelte den Kopf. »Du nicht, Spatz. Wie wär's, wenn wir eine Münze werfen, Professor?«

»Und ich verliere, und zwei Amerikaner bleiben übrig?« Wang sprach ruhig. Sein Gesicht wirkte eher verschlossen als feindselig. Aber er gab keinen Zentimeterbreit nach. »Niemals.«

Der Moment dehnte sich — bis Yvonne den Barren packte, ein Stück abbiß und schluckte.

Skip riß sie an sich. »Fühlst du dich gut?« Über ihre Schulter hinweg zischte er Wang heftig an: »Sie Hundesohn.«

»Nein, hör auf, fangt keinen Streit an«, bat Yvonne. »Es ist mir nichts geschehen. Das Ding ist köstlich. Wie, äh, Steak und Gravensteiner Äpfel. Ich esse es auf, und ihr beide gebt euch die Hand.«

An der Oberfläche waren sie höflich zueinander; doch die Spannung wich einen ganzen Tag lang nicht. Dann, als Yvonne berichtete, daß sie bei bester Gesundheit sei, begannen die drei von dem Sigmanten zu lernen, wie mit der Maschine umzugehen war.

War »Maschine« das richtige Wort? Wie fast alles, dem sie begegneten, hatte der Apparat keine mechanischen Kontrollen, ja, vielleicht überhaupt keine beweglichen Teile. Man schwenkte seine Hände an bestimmter Stelle durch die Luft — in bestimmten Mustern, geleitet von Lichtern, die einem vor den Augen erschienen. Auf diese Weise bestimmte man die Art, die Menge und die Temperatur dessen, was gewünscht wurde (wahrscheinlich aus Abfallstoffen, die möglicherweise in hydromagnetischen Feldern Atom für Atom neu gruppiert wurden). Nichts, das aus dem Apparat kam, hatte einen schlechten Geschmack oder erwies sich als gefährlich. Nach einer Weile, als die Verständigung besser war, erklärte ihnen der Sigmant, daß die Vorrichtung außerstande sei, Substanzen abzugeben, die für Menschen gefährlich sein könnten. Übung versetzte sie mit der Zeit in die Lage, eine wachsende Vielzahl bekannter Lebensmittel nachzuahmen. Yvonne fand Entspannung darin, Eßwaren zu entwickeln, die die Erde nie gesehen hatte.

Der Sigmant ernährte sich aus einer ähnlichen Vorrichtung im gleichen Raum. »Das beweist praktisch, was vermutet worden ist«, erklärte Wang. »Die Sigmanten haben schon früher Expeditionen zur Erde unternommen, die intensive biologische Studien trieben. Das Schiff ist hier mit der nötigen Einrichtung eingetroffen, Menschen zu beherbergen.«

Eine dritte Silbrigkeit spendete klares Wasser. »Wenn ich bloß rauskriegen könnte, wie ich ohne lebende Hefe Äthylalkohol machen kann«, murmelte Skip. Aber Rauschmittel fehlten ihm in Wirklichkeit nicht, da er in einem Delirium von Offenbarungen lebte.

Körperabfallstoffe und jeder andere organische Abfall fielen aufs Geratewohl zu Boden. Innerhalb von Sekunden waren sie chemisch umgeformt und eingesogen – in den geschlossenen Lebenskreislauf des Schiffes zurückgekehrt. (Oder in das Eigenleben des Schiffes? Mehr und mehr schien es, als sei es nicht mit einem Robot, sondern mit einer Pflanzen-Tier-Symbiose verwandt; als bezöge es Energie von seiner eigenen Atomsonne und Nahrung aus dem Gas und den Steinen des Weltraums.)

Diese Umwelt erforderte Anpassung. Die Luft war nach Erdmaßstäben ständig dicht, heiß und feucht, obwohl für Säugetiere noch gut innerhalb der Grenze des Erträglichen. Skip lieh sich eine Schere aus, stutzte seine langen Hosen zu kurzen Hosen zurecht und trug nichts sonst.

Das intensive orange-gelbe Licht verursachte ihnen Kopfschmerzen, bis der Sigmant vorführte, wie sie in einzelnen Räumen die Beleuchtung beliebig verändern konnten. Überall schwebten Düfte, stark und fremd. Ein Gewächshaus von der Erde war im Vergleich dazu öde. An einiges mußten sie sich erst gewöhnen, aber das meiste gefiel ihnen vom ersten Augenblick an. Es erzeugte eine Vorstellung von grünem Pflanzenwuchs, Gewürzen, Rosen, Ozeanstränden, Gewittern, von dem sonnenerwärmten Haar einer Frau, von unzählbar vielem – von ganzen Welten, die mit Leben und Wetter erfüllt waren.

Auf ähnliche Art durchzogen Töne das Innere – nachhallend, flüsternd, alles, was ein Mensch zu hören imstande war. Und vermutlich vieles, was für Menschen nicht zu hören war. Einzelne Noten. Ganze Melodien. (Melodien? Die Tonmuster, obwohl ähnlich angenehm, waren zu kompliziert, als daß sie sich mit dem Wort »Musik« hätten beschreiben lassen. Allerdings mochte ein Wilder, der bis dahin nur Stimme und Trommeln gekannt hatte, eine Sinfonie wohl verwirrend finden.)

Nichts war eintönig. Diese vielen Reize, und ohne Zweifel noch andere, die die hautumschlossenen menschlichen Nerven nicht erreichten, veränderten sich laufend. Wind folgte der Windstille, Dämmerlicht folgte der Helligkeit, Temperatur, Luftfeuchtigkeit und Luftelektrizität blieben nicht gleich, Düfte und Geräusche lösten einander ab, manchmal kräuselte sich das Deck unter den Füßen – man fühlte sich an Bord des sigmantischen Großschiffs nie eingesperrt.

Schon sein Bauplan garantierte das. Jenseits des Barrieredoms, der jetzt ständig offen stand, lag keine starre Landschaft aus Gängen und Kabinen. Die Korridore wanden sich in labyrinthischen Schleifen. Die Erdlinge, die darin frei umherstreifen durften, hätten sich bald verlaufen, wenn der Fremde sie nicht darauf hingewiesen hätte, wie die Pflanzen, die in einigen wuchsen, und die glühenden Wandgemälde, die andere verschönten, gleichzeitig als Weganzeigersystem dienten. (»Uns zuliebe«, nahm Yvonne an. »Unser Freund braucht bestimmt keine Wegweiser.«) Wie sie mit staunenden Augen erlebten, konnte ein knapper Gang sich auf Befehl ausbeulen und einen Raum von verstellbarer Größe und Form bilden. Der Sigmant verpflichtete sich seine Gäste, indem er ihnen getrennte Kammern mit versiegelbaren Eingängen gab. Gummiartige Estraden wuchsen dort aus den Fußböden. Skip amüsierte sich im Kontrollbereich seiner Wohnung, indem er einen Sessel daraus formte – und sobald auf eine Geste hin Wasser floß, auch eine Badewanne und ein Waschbecken.

All dies wurde in den ersten paar Tagen getan und gelernt. Es war ein bloßes Vorspiel für das, was dann kam.

Es gab einen Aussichtsturm, aber das ist das falsche Wort. Die Menschen standen auf einer durchsichtigen Brücke im Mittelpunkt einer großen Hohlkugel, die den Anblick des umgebenden Weltraums wiedergab. Die Wiedergabe war nicht völlig echt; die gefährliche Helligkeit der Sonne war gedämpft, und derjenige Teil der Weltraumstrahlung, der chemische Veränderungen hervorrufen konnte, war notwendigerweise weggelassen. Aber sonst war das Abbild des Weltraums wirklichkeitsgetreuer, als Menschen bisher gesehen hatten. Der Sigmant war woanders; er kümmerte sich um die Schiffssteuerung, die er ihnen noch nicht gezeigt hatte. Sie befanden sich im Bremsanflug auf den Mars.

Inmitten von Stille und Nacht vergaßen sie fast, wie dampfdurchzogen die Luft war. Myriaden Sterne glitzerten winterhell, die Milchstraße zog sich wie ein Wasserfall um den Himmel, die ferne kleine Sonne brannte in einer perlfarbenen Nordlichthülle. Vor ihnen hing riesengroß der Planet, zwischen Nordpolarkappe und antarktischem Dämmerschein auswärts gewölbt. Hundert verschiedene Braunschattierungen und rostrote Töne waren blaugrün gescheckt. Dazwischen tobte ein lohfarbener Sandsturm. Kraternarben, die bereits mit bloßem Auge sichtbar waren, nahmen weiter an Größe zu. Das Glühen, das von dort auf die Menschen fiel und ihre Gesichter aus dem Dunkel heraushob, war so sanft wie der Widerschein eines Kaminfeuers.

Wang brach ein langes, atemloses Schweigen. Er sprach ohne die Förmlichkeit, die ihm sonst eigen war: »Mein jüngerer Sohn träumt davon, Kosmonaut zu werden. Er hat einmal zu mir gesagt, wenn wir einmal Schiffe wie dieses haben sollten, wolle er diesen Berufswunsch aufgeben, denn die Arbeit dürfe nicht leicht sein. Ich habe diese Einstellung gutgeheißen. Jetzt frage ich mich, ob das nicht ein Fehler war.«

»Ich glaube, das war es«, erwiderte Yvonne. »Ist Beethoven leicht zu haben, oder El Greco, oder Äschylos?«

»Meiner kleinen Tochter würde dieser Anblick gefallen«, sagte Wang. Ein Lächeln huschte über sein Gesicht. »Sie würde vielleicht fragen, warum kein Pfirsichblütenzweig in diesem komischen Mond zu sehen ist.«

Unvermittelt, als sei er aufgestört worden, wurde sein Ton trocken: »Warum sind wir hierher gebracht worden? Es sind schon Menschen auf dem Mars gewesen, und der Sigmant hat ihm verschiedentlich Besuche abgestattet. Was ist der Beweggrund?«

»Es gibt verschiedene, glaube ich«, antwortete Skip. »Der erste ist praktischer Art. Endlich haben wir etwas vorgewiesen, das es die Mühe wert sein läßt, eine gemeinsame Sprache zu erarbeiten. Dafür ist es besser, Gewicht zu haben. Zweitens, wenn wir schon mit Beschleunigung fahren, warum dann nicht gleich auf eine Besichtigungstour? Das bringt sogar endlos viele Gelegenheiten, Gedanken und Ergebnisse auszutauschen und ... naja, der Kapitän und ich fertigen von der gleichen Planetenlandschaft verschiedenartige Bilder an und eignen uns Techniken an, von denen wir nie geträumt hätten — ist es das nicht, was er von uns will? Unsere Wissenschaften und Ingenieurkünste sind lächerlich. Unser biologischer Aufbau und so weiter sind von ihnen vielleicht schon vor vielen Jahrtausenden erforscht worden. Aber eine befruchtende Kreuzung der Künste ...«

»Wie China Europa im achtzehnten Jahrhundert beeinflußte«, nickte Wang. »Oder wie es davor Afrika getan hat.«

»Oder wie sich buddhistische Motive davor in China auswirkten«, sagte Skip. »Und wie die Inder wiederum von den Griechen manches übernommen haben. Oder nehmen Sie die achtzehnte Dynastie in Ägypten, die strahlendste Periode, die es dort je gab, weil sie eine kurze Zeit lang frischen Wind aus Kreta und Syrien hereinließen. Sie verstehen schon. Der dritte Beweggrund für diese Fahrt ...« Er hörte auf.

»Was ist das?«

»Ach, nichts.«

Wangs Augen, die von Marslicht erfüllt gewesen waren,

wandten sich ihm zu. Die beiden anderen konnten sehen, wie sich alles in ihm anspannte. »Intrigieren Sie schon wieder hinter meinem Rücken?«

»Ach, vertrocknen Sie doch zu Staub und lassen Sie sich vom Wind wegblasen!« sagte Skip ärgerlich. Er schlug mit der Faust auf das Geländer. »Müssen Sie jede geschlagene Stunde mit Ihren Wehwehchen kommen? Aber von mir aus, Kamerad! Ich werde Ihnen sagen, was ich als den dritten Grund dafür ansehe, daß wir uns aus der Nachbarschaft der Erde davongemacht haben: Damit nicht noch mehr Störenfriede wie Sie dazukommen.«

»Skip.« Yvonne faßte ihn beim Arm. »Bitte.«

»Ich ziehe mich am besten zurück. Nehmen Sie mein Bedauern zur Kenntnis, Dr. Canter.« Wang verbeugte sich und ging die Brücke hinunter. Bald hatten sie ihn inmitten der Sternwolken aus den Augen verloren.

Das Schiff führte Zubringer zum Besuch planetarer Oberflächen mit. In einem von ihnen flogen die vier Lebewesen zum Mars hinunter, strichen Tausende von Kilometern darüber hin und schwebten dicht über dem Boden, um genauer hinzusehen. Ihr Fluggerät war ein spitz zulaufender, schlanker Zylinder; abgesehen von Unterteilungen, die Motor, Kontrollen und Instrumente beherbergen mußten, war seine Bordwand praktisch unsichtbar. »Für Radar ebenso, nehme ich an«, sagte Wang. Seine Stimme verlor sich. Der gleiche Gedanke bewegte die drei menschlichen Gehirne: *Welch ein Bombenflugzeug das wäre! Welch ein Kampfgerät!*

Yvonne sagte hastig, um den zerbrechlichen Waffenstillstand zu retten: »Aber schädliche Strahlen müssen doch abgewiesen werden. Sigma im Sternbild des Drachen ist kälter als die Erdsonne Sol und strahlt weniger Ultraviolett aus. Das heißt doch wohl, daß das Leben dort fürt Ultraviolett- und andere Strahlung verwundbarer ist als wir.«

»Ich würde schon was darum geben, wenn ich wüßte, was dieses Ding, in dem wir sitzen, so antreibt«, sagte Skip. Düsen taten es nicht, Propeller nicht — nichts Erkennbares. Auch war nichts außer dem geisterhaft dünnen Kreischen der Marsluft zu hören, die das Fahrzeug zerteilte, während unter ihnen die Wüste vorbeiwirbelte. »Hydromagnetische

Kräfte? Im offenen Weltraum reicht das vielleicht nicht aus, aber wenn eine große Masse in der Nähe ist, auf die es reagieren kann ...« Er ging nach vorn zum Sigmanten, dessen eines Paar Hummer/Krakenhände mit den Obliegenheiten eines Piloten beschäftigt war. Die hinteren Stielaugen streckten sich ihm entgegen. Er schlug seinen Skizzenblock auf.

»Was haben Sie vor?« fragte Wang mißtrauisch.

»Herauskriegen, ob unser Kumpel die Erde näher unter die Lupe genommen hat. Ein Boot wie das hier könnte schon unbemerkt herumsausen. Jedenfalls könnte es unentdeckt bleiben, wenn es dichtbevölkerte Gegenden vermeiden oder sie aus großer Höhe beobachten würde. Und man parkt ja auch wirklich nicht am Times Square, wie?«

Skip stellte fest, daß sein Einfall richtig war. Er hatte den Verdacht, daß der Sigmant bei solchen Flügen jeder Begegnung aus dem Weg gegangen war, um nicht in einem Schwerkraftfeld gefangengehalten zu werden, das er nicht lange hätte aushalten können. Er hatte weiter den Verdacht, daß ferne Beobachtungen architektonischer Meisterwerke alles gewesen waren, was den Sigmanten dazu bewogen hatte, es mit der Rasse Homo sapiens noch einmal zu versuchen.

Kurz danach unternahmen sie die erste von mehreren Landungen. Sie stiegen in Raumanzügen aus. Der Schutz des Sigmanten ähnelte einem klar durchsichtigen Plastiksack, der eng um Glieder und Unterkörper gezogen war, oben dagegen lose, um die Sinnesfühler nicht zu behindern. (»Warum bläst der Innendruck das nicht wie einen Ballon auf?« fragte Wang und fand keine Antwort.)

Die Landeplätze mußten schon vorher ausgewählt worden sein, denn sie hinterließen nicht den eintönigen Eindruck, den irdische Marsforscher bei ihren Exkursionen erhalten hatten. Eine Dünenlandschaft rollte in gedämpftem Rot und Schwarz dahin; eine Klippe mit lebhaft schimmernden Erzen ragte hoch; eine Felsspitze richtete sich gegen den dunkel purpurfarbenen Himmel. Vielleicht war der Sigmant enttäuscht davon, wie sehr Skip von seinen Handschuhen behindert wurde, und kürzte den Ausflug ab, damit das Zeichnen und Malen weitergehen könnte.

Der Mars schrumpfte hinter ihnen zusammen. Das Schiff flog weiter aus dem inneren Bereich des Sonnensystems hinaus.

Irgendwie gewöhnten sich die Menschen an, den Sigmanten Ahasverus zu nennen. Es gelang ihnen nicht, festzustellen, ob man sich in seiner Rasse untereinander bei Namen nannte. »Ich würde annehmen, nein — nicht in unserem Sinn«, sagte Yvonne. »Nicht, indem man einem Einzelwesen ein bestimmtes Geräusch zuweist. Statt dessen wird es ein ganzes Bündel Gedankenverbindungen, Aussehensmerkmale, Persönlichkeitszüge, Duft, Haltung und die ganze Körpereinheit geben. An das alles werden sich andere erinnern, und das werden sie in einer Zusammenballung symbolischer Handlungen wiedergeben, wenn sie Abwesende identifizieren wollen.« Nachdenklich fügte sie hinzu: »Falls sie das überhaupt brauchen.«

Nichtsdestoweniger lernte Ahasverus der Wanderer es bald, einen bestimmten Laut auszustoßen, wenn er einen bestimmten Gast meinte. Und er entwickelte verschiedene Wunschformulierungen. Zwischen Mars und Jupiter sagte er ständig: »Yvonne Canter und Wang Li gehen, Skip bleibt.« Oder: »Skip kommt mit mir. Yvonne Canter und Wang Li, stört uns nicht, wenn ihr auch kommt.«

Bei solchen Gelegenheiten wollte er seine Studien des Materials von der Erde fortsetzen oder eigene Arbeiten vorzeigen — die sich in menschlicher Sprache kaum beschreiben ließen — oder die Art vergleichen, in der sie ein bestimmtes Etwas abbildeten; etwa eine Blume oder einen Teil des Himmels. An Wangs Schriftkunst verlor Ahasverus schnell das Interesse, und danach wurden die Sprachwissenschaftler oft übersehen.

Sie nutzten solche Zeitabschnitte, indem sie für die nächste Sprachsitzung mit dem Sigmanten weiteren Wortschatz und weitere Grammatik vorbereiteten. Allmählich verging ihr gegenseitiges Auf-der-Hut-Sein. »Ich verstehe, daß die Politik, die Ihnen von Ihrer Regierung aufgezwungen wird, Ihnen nicht zur Last gelegt werden kann«, sagte Wang einmal, als sie miteinander allein waren. »Man muß sogar Mitleid mit Ihnen haben. Ihr Leben ist in Gefahr gebracht worden ... Aber es wurde nicht die ganze Wahrheit veröffentlicht. Warum nicht?«

»Damit alles nicht noch schlimmer wurde.« Sie wich einen Schritt vor ihm zurück. »Sie haben also Spione unter uns.«

»Und Sie unter uns«, gab er zurück. Dann milderte sich sein Ton wieder: »Ja, ich bin informiert über den wirklichen Verlauf. Ich bedaure Ihre Schwierigkeiten wirklich, und ich wünsche sehr, daß Ihnen Derartiges nicht mehr begegnet. In Ihrem eigenen Interesse bitte ich Sie, Ihre Naivität abzulegen.«

»Was meinen Sie damit, Professor Wang?«

»Sie sind zu vertrauensvoll. Sie glauben tatsächlich, daß die Berichte über Sie aus menschenfreundlichen Gründen unterdrückt wurden. Haben Sie je daran gedacht, daß ihre Verbreitung das Offenlegen anderer Tatsachen mit sich gebracht hätte, die die amerikanische Regierung geheimzuhalten vorziehen würde?« Wangs Stimme war metallisch: »Ist der junge Mann, der Sie begleitet, wirklich der einfältige Flegel, der er zu sein vorgibt? Welchen Einfluß übt er in diesem Augenblick auf den Sigmanten aus? Was hat er entdeckt, was hat er übermittelt, von dem Sie und ich nichts erfahren haben?«

Yvonne überlief es heiß und kalt. Sie stampfte mit dem Fuß auf das Deck. »Hören Sie auf!« schrie sie. »Skip ist der ehrlichste, tapferste ... Einverstanden, er hat nicht die richtige chinesische Ehrfurcht vor dem Alter und der Position, aber ihm allein haben wir es zu verdanken, daß wir heute hier sind!« Ein Schluchzen überkam sie. »Wenn Sie wüßten, wie satt ich es habe, Menschen andere Menschen anschwärzen zu hören!« Sie fuhr herum und flüchtete.

Bei ihrem nächsten Zusammentreffen tauschten sie formelle Entschuldigungen aus. Die Wunde war von neuem zugeheilt. *Aber jedesmal,* dachte sie — und es schien ihr gleichzeitig, daß dies Skips Art zu formulieren sei — *ist der Schorf dünner.*

Jupiter, du kaiserliche Welt, du riesiger bernsteinfarbener Schild, reich eingebunden in Wolken von Ocker und Bronze, gedämpften Grünschattierungen und Blautönen, dämmerigem Violett mit dem Schmelzofenjuwel des Roten Flecks, in dem vier Erden nebeneinander liegen könnten! Herrscher über einen Mondschwarm, dessen Häuptlinge kleine Planeten sein könnten, deine Erhabenheit ist weniger schrecklich nur als die der Sonne.

Skip schwebte in der Beobachtungskugel, an der Brücke festgemacht, und ließ keinen Blick von dem Schauspiel. Jupiters Strahlen durchtränkten ihn und Yvonne. Der riesige Planet übertraf an Leuchtkraft aus dieser Entfernung noch fünfzig Erd-Vollmonde, er überstrahlte die Sterne und überflutete die Beobachtenden mit Gold. Sie waren allein.

Sie sagte endlich: »Ich kann nicht verstehen, warum Ahasverus nicht auch hier ist und sich das ansieht.«

Seine Gedanken fanden nur langsam zu ihr zurück. Was ihn schließlich dazu brachte, war das Licht, das in Tränen zusammenschmolz; die Tränen lösten sich von Yvonnes flatternden Wimpern und trieben in die Stille davon. Er dachte an Danae und wünschte, es wäre ihm eine bessere Antwort eingefallen als: »Schätze, der ist ins Bett gegangen, so wie Wang. Niemand ist aus Eisen. Wang ist nicht jung, und Ahasverus hat einen harten Tag hinter sich. Zweieinhalb Schwerkrafteinheiten, wenn man sich unter null-Punkt -drei entwickelt hat — stell dir das mal vor.«

»Und du?« Ihre Finger verirrten sich auf seine Schulter.

»Ich bin selbst ziemlich zerschlagen. Die Astronomen haben mir immer und immer wieder gesagt, daß die obersten Atmosphärenschichten des Jupiters Stürme kennen, die einen Erd-Hurrikan glatt ausblasen würden — sie haben's mir gesagt. Aber nein, ich muß hingehen und mit einem Boot darin herumfliegen.« Skips Leichtfertigkeit verging. Seine Augen kehrten zu dem Großen, dem Schimmernden zurück. »War's wert«, flüsterte er. »Eine Million mal. Die Dampfbänke, höher als Berge, weiter als die Sicht reicht — steigend, fallend, innen lebendig von Blitzen ... und die Farben, die Farben ...«

»Du bist sträflich leichtsinnig gewesen, Skip. Bitte tu das nicht wieder.«

»Ich mach's wieder, wenn es Ahasverus macht.« Er drehte sich herum und nahm ihre Hand. »Sieh mal, Yvonne, der Hopser heute war ja seine Idee. Ich hab' mir gedacht, der wird ja wohl wissen, was sein Zubringerboot aushält. Und als er mir zeigte, wie man das Boot steuert, als er mich in der Jupiter-Luft ranließ – Herr des Himmels, das Surfen ist armselig dagegen!« Er machte eine Pause. »Keine Sorge. Dieser komische Harnisch hat uns ganz gut gestützt. Und Anfänger, der ich war, habe ich doch keinmal die Kontrolle verloren. Weißt du, ich habe den Verdacht, daß Ahasverus darauf hinaus will. In starker Schwerkraft ist er behinderter als wir. Eine Partnerschaft Mensch-Sigmant – was können wir dann nicht tun!«

Sie seufzte. Er legte den Kopf schief. »Du siehst nicht sehr fröhlich aus«, murmelte er. »Probleme?«

»N-n-nichts«. Sie wandte ihren Blick ab. »Müde. Gefühlsanspannung ... Nein, gib Wang Li nicht die Schuld daran. Ich bin einfach so ein Mensch.« Sie wischte sich das Gesicht ab. »Und um ehrlich zu sein, dieses tropische Klima macht mich fertig. Meinst du, daß wir einen kühlen und trockenen Raum bekommen können?«

»Wahrscheinlich, wenn wir es schaffen, ihm das klarzumachen. Du könntest dich aber sofort wohl fühlen, wenn du dich aus diesem Plunder schälen würdest, den du da anhast.« Skips Handbewegung ging von ihrem einteiligen Anzug zu seiner kurzen Hose. »Laß doch Wang Li den guten, selbstverleugnenden Kommunisten spielen und in seinem braunen Anzug die Würde der Partei wahren. Du und ich brauchen weiter nichts als Taschen. Von Schwerkraft Null bis Null-Punkt-drei kannst du sogar den BH weglassen, ohne daß was runterhängt. Was, wie ich mir vorstellen kann, bei dir sowieso nicht zu befürchten ist.«

Das Jupiterlicht war so hell, daß er sie rot werden sah. Er nahm ihr Kinn in die linke Hand, legte die rechte auf ihre Hüfte und sagte: »Yvonne, selbst deine Normalen haben die Nacktheit-Tabus fallengelassen, außer für ganz und gar öffentliche Plätze; und das war schon, bevor ich geboren wurde. Wir haben beide Quadratkilometer gutsortierte menschliche Haut gesehen, und hier ist ja wohl kaum ein öffentlicher Platz. Niemand wird sich dir aufdrängen. Warum hast du solche Angst davor, bequem herumzulaufen?«

Sie atmete ein und wieder aus, biß die Zähne aufeinander ... »Na gut!« stieß sie halb herausfordernd hervor und riß sich das Kleidungsstück herunter, bevor sie den Mut verlieren konnte.

»Wunderbar!« lachte Skip. »Ich hab' nicht versprochen, dich nicht zu bewundern. Du bist schön.«

»Ich gehe lieber«, sagte sie etwas durcheinander. »Gute Nacht.« Sie machte ihren Gurt von dem Brückengeländer los, hielt den Anzug vor sich und zog sich an dem Geländer entlang. Skip blieb und sah ihr nach, wie sie sich durch den Regen aus Gold bewegte.

Ahasverus deutete an, daß jetzt Saturn an der Reihe sei. Das mußte eine lange Fahrt werden, besonders da der sechste Planet dem Jupiter im Augenblick sehr fern stand.

Die vier an Bord machten sich an den systematischen Versuch einer Verständigung. Das bedeutete nicht, daß der Sigmant seine meiste Zeit vor dem Lautsysnthetisierer verbrachte. Die gesprochene Sprache blieb vielmehr der geringste Teil seiner Bemühungen. Doppelt soviel widmete er Skip und den darstellenden Künsten und dreimal soviel denjenigen Beschäftigungen, bei denen die Menschen nicht zugegen waren. (Wahrscheinlich arbeitete er dann an eigenen Vorhaben, dachte Skip. Oder er betrachtete einfach die Bewegung eines Blattes, das blaue Glühen eines Sterns.)

Aber Ahasverus erwies den Sprachwissenschaftlern größere Geduld als bisher. Entweder war er von selbst zu dem Schluß gelangt, daß er sich mit den Erdlingen am Ende doch durch das gesprochene Wort werde verständigen müssen; oder Skip hatte es ihm durch die halb gefühls- und eingebungshaften Bildzeichen beigebracht, die sich zwischen ihm und dem Sigmanten entwickelten; oder etwas anderes hatte sich in diesem nichtmenschlichen Bewußtsein ereignet. Was der Grund auch sein mochte — der Synthetisierer wurde jetzt zwei bis drei Stunden täglich benutzt.

Fortschritte wurden auch deshalb gemacht, weil Ahasverus zunehmend Skips Zeichnungen im Erd-Stil lesen konnte, und weil Skip die feurigen Muster in der Luft entzifferte. Gleichzeitig meisterte jeder die Abbildungstechniken des anderen.

Yvonne vergaß schnell die Dürftigkeit ihrer jetzigen Kleidung. Wang vergaß seine Mißbilligung darüber. Sie waren beide zu sehr damit beschäftigt, Sprachstunden abzuhalten, die Ergebnisse zu analysieren, für die Zukunft zu planen. »Wir zwei versuchen die Arbeit von zwanzig zu leisten«, sagte er traurig. »Dabei haben wir noch Glück, daß wir zusammen eine Vielfalt von Sprachen beherrschen. Aber ich wünschte, wir hätten Kollegen hier, die Arunta, Nahua, Drawidisch, Xosa sprechen ...«

»... die Sprachen der ganzen menschlichen Rasse«, schloß sie und schob sich eine feuchte Haarlocke aus der Stirn. »Aber vielleicht, wenn wir zurückkommen ... Ich bete zu dem Gott, an den ich nicht glaube: Mach, daß dies uns Erdenmenschen zusammenbringt.«

Er erwiderte nichts. Der unausgesprochene Gedanke hing zwischen ihnen: *Bis jetzt hat es uns nur weiter auseinandergebracht.*

Die Arbeit nahm sie völlig in Anspruch – und verschaffte ihnen Erkenntnisse. Sie hatten die Schwelle erreicht, jenseits derer sie fähig wurden, Fragen zu stellen.

Antworten wurden sichtbar. Das Schiff kam tatsächlich von Sigma Draconis, vom zweiten Planeten dieses Sterns. Der Planet hatte etwa ein Viertel des Erddurchmessers und eine niedrigere Durchschnittsdichte. Das war keine Überraschung; und wenn man Größe und Atmosphäre der Venus damit verglich, begann man sich zu fragen, ob die Erde nicht vielleicht eine Außenseiterin sei, die weniger Luft um sich her festhielt, als ihr nach ihrer Größe und Temperatur zustand. (Fragt doch! Fragt! Die Sigmanten haben in Zigtausend Jahren Hunderte von Sonnen besucht.) Es gab Meere und Landmassen – das Land bestand mehr aus Inseln als aus wirklichen Kontinenten. Einen natürlichen Mond hatte der Sigmantplanet nicht. Die Umdrehungszeit war annähernd fünfeinviertel Erdjahre lang ... nein, warte mal, das kann ja nichts stimmen, dann wäre der Planet doch weiter von seiner Sonne entfernt und daher kühler ... nein, der Stern ist weniger massiv ... sollen die Astronomen entscheiden. Für sie eröffnet sich eine ganz neue Wissenschaft.

Doppelplaneten ... Noch nicht. Laß uns erst die Intelligenz erkunden, die auf dieser einen Welt geboren wurde. Wozu ist das Universum nütze ohne Leben, das sich darüber Fragen stellt?

Mehrere der rein biologischen Rätsel klärten sich in kurzer Reihenfolge. Die Vermutung bestätigte sich, daß sigmantischen Körpern die vielfache innere Spezialisierung des Menschen fehlte. Diejenigen getrennten Organe, die erkennbar existierten, waren im Vergleich zu einem Magen, einer Geschlechtsdrüse, einem Gehirn primitiv. Jede der viel größeren, ausgebildeteren, wandelbareren sigmantischen Zellen hatte stets die Neigung, eine Vielfalt von Aufgaben zu übernehmen. Auf diese Art hatte die Lebensform nur ein Geschlecht, obwohl zwei Partner für die Schwängerung benötigt wurden: Beide wurden schwanger und gebaren lebend. Offensichtlich galt eine Paarwahl lebenslang, und offensichtlich dauerte das Leben Jahrhunderte.

Auf genauere Fragen konnte es fürs erste nur indirekte Antworten geben, die sich als falsch herausstellen mochten. Aber langsam wurden vorläufige Schlußfolgerungen möglich:

Sigmanten lebten und dachten tatsächlich in gemächlicherem Tempo als Menschen. Das traf nicht auf die Wahrnehmung zu; sie schwammen in einem Ozean von Sinnesdaten und reagierten fast auf der molekularen Ebene. In der täglichen Verständigung spielten Zeichen, die nur einen einzigen, eindeutigen Sinn hatten, eine große Rolle; die feinsten Hinweise waren gewichtig. Während das gesprochene Wort gut und die Schriftsprache hoch entwickelt war, stellte beides doch nur einen Teil der Gesamtsprache dar — nützlich, für gewisse Zwecke unerläßlich, doch nicht als das Ganze mißzuverstehen.

Und jenes Ganze war wiederum ein einheitlicher Teil der Welt. Zweifellos unterschieden sich die einzelnen Sigmanten ebenso voneinander wie Menschen. Dennoch schien Yvonnes Schlußfolgerung richtig zu sein, wonach diese Eigenwesenheit in sich undeutlicher, von der übrigen Wirklichkeit weniger abgegrenzt sein müsse, als es je auf der Erde der Fall war. (»Super-Zen«, sagte Skip.) Dies half bei der Suche nach einer Erklärung dafür, daß Ahasverus Jahre und Jahre allein zubringen konnte. Nach seinen eigenen Maßstäben besaß er keine Einsiedlerpersönlichkeit. Was er besaß, waren unbestimmbar viele Unterpersönlichkeiten, die aufeinander reagierten; und keine davon fühlte sich abgeschnitten, wenn sie ein ganzes Weltall um sich her sahen. Der Zeitpunkt würde kommen, zu dem der Reisende Heimweh bekam. Aber er hatte es nicht eilig. Hier gab es Herrlichkeiten zu erforschen und abzubilden, und es galt für ihn, damit eins zu werden.

Ästhetische Gesichtspunkte mochten recht wohl den Hauptanstoß zur Entwicklung von Intelligenz auf dem sigmantischen Planeten gegeben haben. Der Theorie nach hatte diese Rolle für den Menschen die Neugier gespielt; dieser Wesenszug hatte Überlebenswert, da er ein Tier veranlaßte, die Gefahren und Möglichkeiten seiner Umwelt kennenzulernen. Es war denkbar, daß die Ursigmanten auf ähnliche Weise von einem Trieb profitierten, harmonische Lebensumstände zu suchen, später auch selbst zu schaffen — da sie ja ihren Umgebungen völlig offenstanden und sich ihrer hochgradig bewußt waren. Als daher auf ihrem Planeten wissenschaftliche Methoden entwickelt wurden, stellten sie weniger Techniker dar, die den Bereich des genauen Wissens erweitern halfen, sondern solche, die das gedankliche Chaos zu einer Reihe eleganter Lösungen umformten.

Natürlich hatten auch Menschen letzteres Ideal, und zweifellos besaßen Sigmanten Neugier. Der Unterschied lag in Betonung und Bedeutung der beiden Wesenszüge. In beiden Lebensformen hatte die Technologie bald praktischen Nutzen aus wissenschaftlichen Erkenntnissen gezogen. Falls Yvonnes und Wangs Eindruck richtig war, hatten Sigmanten nie den Krieg gekannt — und Landzerstörung oder Wasserverschmutzung war selten. Auf diese Weise erwies sich die Maschine bei ihnen meist als wohltätige Errungenschaft.

Das bedeutete nicht, daß die Sigmanten von Natur aus Heilige gewesen wären. Sie waren vermutlich geringerer Hingebung an eine Gruppe oder ein Ideal fähig als Menschen und neigten stärker zu grober Ausbeutung ihrer Nächsten. Daß Ahasverus gewisse Ideen, wie etwa die der Unendlichkeit nicht begriff, trat unzweideutig zutage. (Zeichne auf derselben Grundlinie eine Serie immer größerer Dreiecke. Die zwei aufsteigenden Seiten nähern sich zuletzt genau parallel und brich die Bleistiftstriche irgendwo ab, indem du ihnen Pfeilspitzen aufsetzt, um anzuzeigen, daß die Linien weiter und weiter führen. Ahasverus tat diesen letzten Schritt nie; statt dessen gab er Laute der Verneinung von sich. Man konnte ihn fast denken hören: »Aber sie *gehen* doch nicht weiter und weiter.«) Vielleicht konnte die Menschheit der Sigmantenheit nicht nur in bezug auf die Künste, sondern auch in der Mathematik etwas lehren ... in der Philosophie, in der Dichtkunst, in der Musik, im Tanz ... Es gibt viel mehr Arten der Liebe als die geschlechtliche. Welche Arten mochten sich zwischen Freunden aus zwei verschiedenen Rassen ergeben? Aus drei Rassen? Vier? Tausend? Einer Million?

»Glory, glory hallelujah!« sang Skip die Sterne an, bis die Stunde kam, in der alles zunichte wurde.

12

Weit unter dem Raumboot lagen die Wolken des Saturn wie ein Kontinent mit Ebenen, Bergen, Schluchten, langsamen rauchigen Flüssen. Die Wolken waren weiß und von mattem Gold, die Schatten darauf waren königsblau, und von den hellsten strahlte ein geisterhafter Widerschein der Ringe. Yvonne hielt ihren Blick hauptsächlich auf die Ringe selbst gerichtet, die über ihnen gegen Schwärze und Sterne in den Himmel stiegen – gigantische Regenbogen, in denen Bewegung funkelte, zwinkernde Punkte aus prismatischem Licht, auf überwältigende Art ehrfurchtgebietend, unglaublich schön.

»Ich zögere«, sagte Wang in die Stille hinein. »Aber wir sollten wohl lieber zurückkehren.«

Sie nickte. Er blickte auf die Instrumentenanzeiger, die über der Kontrollkammer schwebten, und bewegte seine Finger darunter. Die Beschleunigung drückte ihre Körper in die Sitze zurück, und der Kontinent schrumpfte zu einer Kugelform.

Wang schaltete den Radiosender ein. »Hallo, Schiff«, sagte er. »Wir befinden uns auf dem Rückflug. Wie sollen wir das Rendezvous ausführen?«

Ein Wach-Apparat war darauf eingestellt, Skip zu verständigen, und Radio-Nebenapparate waren über das ganze Mutterschiff verteilt. Seine Stimme kam eine Minute später: »Na? Hat's euch gefallen?«

»›Gefallen‹ ist ein armseliges Wort«, antwortete Yvonne gedämpft.

»Tja. Wie gut ich's weiß«, sagte Skip. »Nicht, daß es mir leid tut, an Bord geblieben zu sein. Ich erzähl's euch, wenn ihr hier seid. Will mal eben Ahasverus fragen, Moment ... Das Einfachste ist, wenn ihr zum Titan fliegt. Beschleunigung eine Erdschwerkraft. Wir kreuzen euren Kurs. Gut so?«

»Ja.« Wang wiederholte die Anweisung und schaltete ab. Seine Hände signalisierten nach einer Projektion des Saturnsystems. Auf eine fremdartige Weise glich sie einer schematischen Zeichnung. Er machte darin den größten Mond aus und zeigte an, daß er mit der angegebenen Beschleunigung dorthin zu fliegen wünsche. Das Boot wendete.

Als Wang erfahren hatte, daß Skip im Betrieb der Zubringerboote unterwiesen worden war, hatte Wang das gleiche Privileg verlangt. Es gab nicht viel zu unterweisen. Ein Computer (?) erledigte fast alles. Den Weltraum in einem solchen Fahrzeug zu durchfliegen, war sicherer und einfacher, als ein Auto über eine leere Fernstraße zu steuern.

Dann hatte Ahasverus zu verstehen gegeben, daß er einige Stunden lang in Teilstrecken um den Planeten herumfliegen wollte, vermutlich, um ihn aus verschiedenen Blickwinkeln zu betrachten, bevor er wieder sonnenwärts startete. Yvonne und Wang hatten das fast religiöse Erlebnis wiederholen wollen, das im Anblick der Ringe von unten lag. Von fern hatten sie sie schon beobachtet, und so prächtig das gewesen war – es war eben nicht dasselbe.

Skip dachte ähnlich, aber der Sigmant hatte darauf bestanden, daß er blieb. Dagegen, daß seine beiden Gefährten den Hauptplaneten noch einmal besuchten, hatte er nichts. Der Saturn war völlig ungefährlich, jedenfalls wenn man in den oberen Bereichen der Stratosphäre blieb. Da sie weniger als ein Drittel der geringen Sonnenenergie empfangen, die auf den Jupiter trifft, sind diese Lagen ruhig; und in dieser Höhe ist die Schwerkraft kaum stärker als die der Erde.

Yvonne suchte eine andere Sitzstellung. »Wenn wir es den Leuten zu Hause doch nur begreiflich machen könnten«, sagte sie. »Wenn wir es ihnen sagen könnten — auf eine Art, daß sie uns glauben. Wie klein wir sind, wir Menschen; wie groß wir sein könnten; wie schmutzig unsere Intrigen und Streitereien sind.«

»Ich glaube, das wissen sie schon«, erwiderte Wang, »abgesehen von einigen Ungeheuern. Unglücklicherweise sitzen die Ungeheuer an den Schalthebeln der Macht, was ehrliche Menschen zwingt, ihnen in gleicher Weise zu begegnen.«

Yvonne fühlte, wie über ihr Gesicht ein trauriges Lächeln glitt. »Niemand stimmt darin überein, wer zu welcher Art gehört.« Sie sagte weiter nichts. Ihre Traurigkeit konnte unter dieser Brücke der Götter nicht von Dauer sein.

Sie standen in der Beobachtungskammer und sahen den Saturn zurückbleiben. Wang und Ahasverus hielten das eine Ende der Brücke besetzt. Der Chinese machte ein Gedicht, und der Sigmant hielt eines seiner vier Stielaugen auf die Schriftzeichen gerichtet, die Wang malte. Yvonne ging an das andere Ende, um sie nicht abzulenken und selbst nicht abgelenkt zu werden.

Noch immer war der Planet riesig und strahlend. Das Licht war nicht so stark wie das des Jupiters, mehr silbrig als golden, obwohl seine Leuchtstärke ebenfalls der vieler Erdmonde gleichkam. Die Wolkenstreifen waren nicht auffallend gefärbt oder bewegt. Aber die Ringe! Und vor ihnen, nahe der winzigen Sonne, wölbte sich ein unermeßlicher weißer Bogen — Titan; Yvonne hatte auf seinem ewigen Schnee gestanden, hatte durch das blaue Abenddämmer seiner dünnen Luft zum Saturn hochgeblickt, der über einer Bergkette hing.

Eine Hand legte sich über ihre auf dem Geländer. Sie fühlte die Glätte und Wärme von Haut, die ihren Arm streifte, und durch die unzähligen sigmantischen Düfte zog menschlicher Geruch. »Was dagegen, wenn ich hierbleibe?« fragte Skip ruhig. »Ich bin auch ganz still.«

Ihr Herz klopfte. »Bitte bleib. Du hast mir gar nicht erzählt, was gewesen ist, als ich weg war.«

Er zögerte. »Na ja, es war interessant. Wir sind erst hier, dann da in Umlaufbahn gewesen, haben Darstellungen angefertigt und ... Laß uns nicht vom Geschäft reden. Seit du das hier gesehen hast, gehst du auf Wolken, wie?«

»Du nicht?«

»Was sonst?«

Sie drehte sich und sah ihn an. In dem märchenhaften Licht stand er da wie in Silber gemeißelt und von Sternen gekrönt. »Und wir können wieder herkommen«, jubelte sie. »Ahasverus will uns doch im Weltraum haben, nicht?«

Wieder brauchte er einen Moment, bis er antwortete. »Ja. Sehr.« Als er sich bewegte, spielten Schatten über die Muskeln von Arm und Bauch.

»Wir können wieder herkommen«, wiederholte sie. »Wir können von hier aus weiterfliegen. Jeder Traum, den unsere Rasse je geträumt hat ... Das ist wie ... Für mich ist das wie damals, als ich jungverheiratet war. Nein. Das war immer mit Alltagsdingen vermischt. Das hier ... Erinnnerst du dich an die Jahrhundertwende?«

»Aber sicher. Meine Bande, also die Nachbarjungen und ich, verschafften uns einige verbotene Feuerwerkskörper und schossen sie ab. Die Polizei und unsere Eltern haben uns nur ein bißchen ausgeschimpft. Diese Art von Nacht war das.«

»Aber du warst noch ein Junge. Ich war achtzehn, neunzehn. Ein Alter, in dem man die Ungeschicklichkeiten überwunden hat, in dem die Hoffnung neu geboren ist und alles zu einem Wunder wird. Und da stand nun das neue Jahrhundert – das neue Jahrtausend! – vor uns. Ein Tor, vor dem wir alles zurücklassen konnten, was schlecht, verbraucht und schmutzig war; wir konnten ohne Bürden, sauber und frei durch das Tor laufen in ein Land, das niemand verdorben hatte, in das gelobte Land. Das hier ist genau so. Nur, jetzt ist es keine Illusion, es ist wahr. Es ist für Dauer!«

Sie umarmte ihn. »Und Skip, du hast es uns gewonnen. Du, niemand anderer als du.«

Er hielt sie in den Armen. Sie wollte wieder los, aber er ließ sie nicht. Sie hob ihre Wange von seiner Brust, und sein Mund wartete. Nach einer wirbligen Minute machte sie sich frei, warf einen besorgten Blick an ihm vorbei.

Als Umriß quer vor der Milchstraße, wie ein freischwebendes Etwas zwischen den Sternenhaufen, schirmte Ahasverus' kienapfelähnliche Masse sie immer noch gegen Wang ab. Skip nahm sie beim Haar und zog sie sanft, unwiderstehlich von neuem zu sich heran. Seine Hand tastete sich ihren Rücken hinunter. Seine andere Hand ... Ihre Hände waren in seinem Nacken, auf seinenSchultern, seinen Rippen. »Nein ... bitte ... o-o-oh ... Warum nicht! Warum erst jetzt? Komm mit, Liebling, Liebster. Der Saturn kann warten. Meine Kabine ...« Zwischen Lachen und Weinen: »Ich bin vorbereitet. Ich hab's gar nicht gewollt, aber als ich meinen Kulturbeutel auspackte, habe ich darin ... Ringe sind für Liebende, nicht?«

Der Sigmant hatte vor, beim innersten Planeten Merkur anzuhalten. Von Umlaufbahn (Saturn) zu Umlaufbahn (Merkur) würde das etwa fünfzehn Tage dauern. Von dort wollte er noch dichter an die Sonne herangehen und dann zur Erde zurückkehren. (Offensichtlich fand er die Venus aus der Nähe besehen ebenso wenig reizvoll, wie sie den Menschen erschien.)

»Und da werden wir rausgelassen«, sagte Skip.

Yvonne kuschelte sich in seine Armbeuge. »Ich weiß nicht, ob ich mich darüber freuen oder traurig sein soll«, sagte sie zu ihm. »Beides, nehme ich an.« Ihre Finger am Ende seiner Wirbelsäule sagten: *ich bin immer froh, wenn wir nur zusammen sind.*

Wang blickte an ihr vorbei. Er hatte zu dem, was eindeutig zwischen ihnen vorgegangen war, keine Bemerkung gemacht. Ein Westler hätte ihnen gratuliert. *Das arme Steifbein denkt wohl, daß wir uns grauenvoll benehmen,* dachte Yvonne und drängte sich dichter an Skip.

»Wird uns erlaubt, eines von den Booten mitzunehmen?« fragte Wang.

Sie saßen auf vorübergehend ausgezogenen Couches in dem, was ursprünglich der Empfangsraum für Menschen gewesen war. Die wissenschaftlichen Apparaturen standen noch hier; deshalb war es ein natürlicher Treffpunkt. *(Und wir sollten wirklich einführen, daß hier regelmäßig das Abendessen stattfindet. Skip und ich essen ja zusammen, von der Zubereitung über den letzten Bissen bis zum Kuß als Nachtisch. Aber Wang ißt immer allein.)*

Ahasverus war nicht da. Nur die offene Kuppel und der raschelnde, duftende Garten dahinter erinnerten an ihn.

Wang hatte angemerkt: »Meinen Sie nicht, daß die Zeit überreif ist, uns — mir — das Wissen mitzuteilen, das Sie in Ihren Sondersitzungen erlangt haben? Dieses Vorhaben sollte ja wohl zum Beispiel für das Ideal internationaler Zusammenarbeit werden.« Und so war die Besprechung angesetzt worden.

Skip runzelte die Stirn. »Nun?« drängte Wang.

»Gut. Ich will offen reden«, sagte Skip. »Ich bin da nicht ganz sicher. Ahasverus und ich haben keine Geheimsprache, um deretwillen wir unsere Wachhunde weggeschickt haben, wie Sie sich das vorstellen.«

Wang wurde noch steifer, und Yvonne dachte: *Ich muß meinem Engel beibringen, sich respektvoll zu verhalten. Er meint es ja — meist — nicht so. Aber Wang kann keinen Spaß verstehen, hält es für eine Beleidigung und antwortet entsprechend, und dann wird Skip böse, und so geht das immer weiter, bis ihnen die Nackenhaare zu Berge stehen, wenn sie sich nur sehen.*

Vielleicht bemerkte der Sigarun etwas, denn er sprach in normalem Ton weiter: »Da ich nicht weiß, wie der Geräuschsynthetisierer bedient wird, kann ich die sigmantische Lautsprache nicht nachahmen. Wir tauschen ein paar Worte aus, aber hauptsächlich zeichnen wir Bilder. Wir haben uns auf eine Menge Symbolzeichen verständigt, ja, und wenn Sie wollen, stelle ich daraus ein Wörterbuch zusammen. Ganz sicher mache ich das, wenn ich meinen amtlichen Bericht schreibe. Aber im großen und ganzen hängt unsere Verständigung vom beiderseitigen Einfühlungsvermögen ab. Es ist, als ob man einen Comic strip zu lesen versucht, bei dem die meisten Worte ausgelassen sind.«

»Das haben Sie schon einmal erklärt«, sagte Wang mit unterschwelliger Ungläubigkeit. »Ich habe gefragt, wie, wenn Sie die Frage gestatten, Ihr Eindruck in anderer Sache ist: Ob wir ein Zubringerboot für den Abstieg zur Erde geliehen oder geschenkt bekommen könnten.«

»Ich habe den Eindruck, daß wir eins haben könnten, wenn wir darum bitten würden. Reden wir offen: Yvonne ist zuerst darauf gekommen, wie man mit Ahasverus sprechen kann, aber ich bin sein Logenbruder.« Skip streichelte sie. »Daß er meine Gesellschaft ihrer vorzieht, beweist, wie fremdartig er ist.« Er wurde wieder ernst. »Ich meine, wir sollten nicht darum bitten. Ich werde eine solche Bitte nicht äußern. Unsere Astronauten können uns genauso abholen wie immer.«

Wang blieb regungslos. Yvonne sah Skip ins Gesicht, das mit einem Mal nicht mehr jungenhaft war, und erkundigte sich besorgt: »Warum denn nicht?«

»Du weißt, warum nicht«, antwortete er. »Das würde die Regierungen nur in Versuchung führen. Das Stichwort heißt, glaube ich, *Gleichgewicht der Kräfte.*«

»Sie können recht haben, Mister Wayburn«, sagte Wang langsam.

Skip stützte sich auf einen Ellbogen. Der Unterarm lag unter ihrem Nacken, die andere Hand auf ihrer abgewandten Seite. Seine freie Hand und einer seiner Füße strichen langsam an ihr entlang. Das Licht in der Kabine war ein rötliches Dämmer. »Na, mein Engel?« flüsterte er.

Sie hob eine Hand, um ihn zu streicheln. »Ich bin so glücklich wie ein Engel«, sagte sie in dem gleichen gedämpften Ton. »Ein gefallener Engel.«

Seine Lippen kräuselten sich. »Gefallen oder umgefallen.«

»Beides. Umgefallen ganz bestimmt.«

»Gefallene Seelen, wir zwei. Im freien Fall. Für immer.«

Er lehnte sich über sie, um mit Lippen und Nase die Höhlung zu liebkosen, wo Kehle und Schulter zusammenkamen. Und das köstlich träge Erwachen aus dem Halbschlaf fiel von ihr ab, so schnell wie ein Messerstich. Sie packte ihn und sagte in ihrem Schrecken: »Meinst du das ernst? Ja?«

»Ja«, sagte er in ihr Haar hinein. »Hier neben dir meine ich es endlich mal ernst.«

»Hast du das bei den anderen nicht auch gedacht?«

Er hörte den verletzten Ton heraus, ließ sie los und setzte sich auf. Seine Augen sahen ihre ernst an. »Ich verstehe, was du meinst. Ja, ab und zu habe ich schon genauso ehrlich gedacht, es wäre für immer. Aber du bist anders, Vonny. Niemand ist wie du.«

Sie setzte sich ebenfalls auf und hielt sich mit ganzer Kraft an seiner Hand fest, starrte aber geradeaus. Ihre Stimme kam schnell und unregelmäßig:

»Oh ja, ich habe Ausbildung und Position. – Nein, bitte mißversteh mich nicht, es ist mir klar, daß du absolut nichts von mir willst als mich selbst. Wir kommen bei der Arbeit und im Gespräch gut miteinander aus. Wahrscheinlich bin ich die intelligenteste Frau, die du kennengelernt hast. Du bist auch intelligent, du lernst und denkst gern. Ich bringe dir manches bei und bin eine geistige Herausforderung für dich.« Sie ließ den Kopf hängen. »Aber was sonst? Ich bin nicht die Schönste im Land. Schmeichle mir nicht. Auf den ersten Blick sehe ich gut aus. Vielleicht habe ich angefangen, mich in dich zu verlieben, als du mir vor vielen Zeitaltern auf einem Ozeanschiff zeigtest, wie gut ich aussehe. Aber eine Schönheitskönigin bin ich nicht. Man kann gerade noch sagen, daß ich nicht mager bin. Ich versuche zu lernen, wie ich dir gefallen kann, aber du mußt schon begabtere Schülerinnen gehabt haben. Und ... wenn ich vierzig bin, bist du zweiunddreißig. Wenn du zweiundvierzig bist, bin ich fünfzig.«

»Macht nichts«, sagte er.

»Weil du dann schon lange auf und davon bist? Das hält mich oft wach, wenn du eingeschlafen bist. Ich liege da und höre dich atmen und denke: ›Im besten Fall machen wir einen ernsten Versuch. Aber er ist ein Adler, und du bist eine Taube‹.«

»Jetzt machst du's aber romantisch«, dehnte er. »Warum nennst du mich nicht eine Gans und dich ein Huhn?«

Sie kämpfte gegen Tränen an und verlor. Er hielt sie fest. »Es tut mir leid«, sagte er wieder und wieder. »Ich hätte keine Witze machen sollen. Ich bin so, auch wenn ich's nicht will. Für ... für dieses ganze Scheiß-Raumschiff möchte ich dich nicht verletzen.«

Als sie schließlich ruhiger dalag, betrachtete er sie prüfend: »Bekommst du deine Tage?« fragte er.

Sie schluckte und nickte. »Es scheint so.«

»Dann fühlst du dich vielleicht elender als nötig.«

»Nein, nein.« Sie versuchte ein Lächeln zustande zu bringen. »Verflucht, wie ich mir wünsche, daß wir Zigaretten bei uns hätten! Beim nächstenmal wissen wir's.«

»Dreimal Hurra für einen klugen Gedanken.« Er streichelte ihre Wange. Dann setzte er sich auf die Bettkante, damit er ihr in die Augen sehen konnnte, während er ihre Hände hielt. Er sagte:

»Vonny, wenn ich mir dauernd Sorgen um die Zukunft machen würde wie du, hätte ich ganz sicher Angst. Es scheint mir nämlich, daß eher du der Sache müde wirst und mich rausschmeißt, als ich wegbleibe. Aber das müssen wir einfach ausprobieren und dann weitersehen. Versuchen möchte ich es — ich möchte das alleräußerste versuchen, damit das Dauer hat. Du *bist* wundervoll.« Er holte Atem. »Um es zu beweisen, erzähle ich dir jetzt etwas, wovon ich mir nicht so sicher gewesen bin, ob ich es überhaupt jemandem sage. Vielleicht sollte ich's nicht, ich weiß nicht. Aber ich möchte alles, was ich habe, dir schenken.«

Einen Augenblick lang fühlte sie sich an ihren jüngsten Bruder erinnert, der im Alter von fünf Jahren an ihrem vierzehnten Geburtstag schüchtern und anbetungsvoll zu ihr gekommen war, um ihr ein schmutzfleckiges und schiefes Raketengleitermodell in die Hand zu drücken, das er selbst zusammengebastelt hatte.

»Ich weiß, wie dieses Schiff funktioniert«, sagte Skip.

Sie richtete sich auf.

Er nickte. »Genau. Als Ahasverus und ich um den Saturn herumflatterten. Er wollte, daß ich steuerte, solange er im Boot draußen war. Ich glaube, er sieht den Doppler-Effekt und wollte ihn in ein Gemälde einarbeiten, aber ich kann es nicht beschwören. Jedenfalls hat er mir gezeigt, wie das läuft. Der einzige wirkliche Trick besteht daraus, daß man in den Kontrollraum kommt. Man muß genau die richtigen Zeichen machen, sonst geht die Wand nicht auf. Es gibt noch eine andere Zeichenfolge, mit der man die Maschinen einschaltet. Eine Sicherheitsmaßnahme, nehme ich an. Sonst unterscheidet sich das alles kaum von der Steuerung eines Zubringers. Man steht in einer verkleinerten Ausgabe des Aussichtsraumes und bedient eine vergrößerte Ausgabe der Zubringer-Instrumentenanzeiger. Wenn der Kurs eingespeist ist, kann man das Ding der Automatik überlassen. Teufel nochmal, ich könnte uns auf eine interstellare Reise bringen! Das Datenmaterial für diesen Milchstraßenabschnitt ist vorhanden. Sobald man sicher ist, daß in der Nähe niemand Schaden nehmen kann, startet man die Bussardsche Wasserstoff-Ansaugvorrichtung und legt den Fotonenantrieb ein.«

»Ahasverus muß wirklich Vertrauen zu uns haben«, sagte sie.

Er verzog das Gesicht. »Das ist es ja«, sagte er. »Er hält es für selbstverständlich, daß wir so ... unschuldig sind ... wie die wenigen anderen Lebensformen im Atomzeitalter, von denen er weiß. Ob sich alle anderen ausgerottet haben?«

»Ich sehe, warum du Stillschweigen bewahrst.«

»Hm. Zuerst wollte ich alles heraussprudeln, wie du dich vielleicht erinnerst. Dann habe ich mir überlegt, daß ich Wang besser nicht einweihe. Seither habe ich nachgedacht, und je mehr ich nachdenke, desto größere Zweifel kommen mir. Er selbst stimmt mir darin zu, daß es unklug wäre, unseren Militärtypen einen Zubringer in die Hände zu geben, selbst wenn sie ihn wahrscheinlich ebensowenig nachbauen könnten, wie Marconi einen Fernseh-Transistor hätte nachbauen können. Aber das Schiff! Davon braucht man keine Flotte. Das hier ist schon mehr als genug. Man schickt eine Delegation hierher – Ahasverus empfängt sie von jetzt an, falls sie Kunstwerke mitbringen. Und die Delegation nimmt Ahasverus gefangen oder tötet ihn – und da haben wir sie dann, die Eigentümer der Menschheit.«

Sie dachte: *Er liebt mich genug, um seine Ängste mit mir zu teilen.* Sie sagte: »Kannst du den Sigmanten nicht davon überzeugen, daß er es nie jemand anderem sagen darf?«

»Das habe ich versucht. Es ist aber nicht leicht, ein derartiges Verlangen klarzumachen.«

»Und du ... Welch ein Glück, daß du der eine bist, Skip!« Sie langte nach ihm. Er blieb, wo er war, und sagte:

»Wenn du meinst, daß wir Schwein gehabt haben, weil ich die ganze Sache geheimhalte, dann wette lieber nicht darauf, Vonny. Soll ich es denn geheimhalten?«

»Was? Natürlich ...«

»Ist das so natürlich? Nehmen wir mal an, die Macht

würde Amerika zufallen. Ich schwenke nicht die Fahne herum, aber ich verachte mein Land auch nicht. Mir scheint, daß Amerika im großen und ganzen anständiger ist als die meisten, und daß es auch die Größe und Stärke hat, um Frieden zu halten. Ich bin nicht davon überzeugt, daß diese wackeligen internationalen Übereinkommen noch viel länger halten. Sieh dir doch an, wie sie schon jetzt anfangen, aus dem Leim zu gehen. Ein amerikanischer Friede – ist eine miserable Lösung nicht besser als gar keine? Oder klappt es nicht?« Er schüttelte den Kopf. »Ich weiß nicht. Weißt du's?«

»Nein«, sagte sie. »Aber ich habe Vertrauen . . .«

»Reicht Vertrauen aus? Denk bitte nach, Vonny. Mach von deinem wohlgeölten Gehirn Gebrauch.« Seine Unverschämtheit brach sich mit einem Grinsen Bahn: »So wie von deinem wohlgeölten Körper, h-m-m-m?« Aber sofort wurde er wieder ernst: »Ich brauche deinen Rat. Nur am Ende, das weißt du auch, da werde ich mich entscheiden müssen. Ich ganz allein.«

Der Merkur bestand aus Felsspitzen und Kratern unter schwarzem Himmel. Bei Tage gab es eine riesenhafte Sonne, deren Licht wie Buschfeuer vorwärts sprang; dazu hier und da Tümpel aus geschmolzenem Metall, das bei Nacht fest wurde und im Sternenschein schimmerte – gemarterte Großartigkeit.

Yvonne glaubte zu verstehen, auf welche Weise die Schiffswand des Zubringerbootes sie vor dem gleißenden Licht und vielleicht auch vor Kurzwellenstrahlung schützte. Das durchsichtige Material verdunkelte sich im Verhältnis zur Notwendigkeit. Sie wußte jedoch nicht, weshalb ihr bei einer Außentemperatur von nahezu siebenhundert Grad Kelvin nicht wärmer als gewöhnlich war. Allerdings wenn sie die Sonne streifen wollten . . . Konnte das richtige Zusammenspiel elektrischer und magnetischer Felder neben aufgeladenen Teilchen auch neutrale und Quantenteilchen kontrollieren? Sie war sich nicht gewiß, ob das theoretisch überhaupt möglich sei. Gewiß schien ihr nur, daß die Theorien der irdischen Physiker nicht das letzte Wort waren.

Ihre Überlegungen waren ein undeutliches Kräuseln auf der Oberfläche des Unglücksgefühls, das sie fast völlig ausfüllte.

Am Heckende des Bootes arbeiteten Skip und Ahasverus aufgeregt an einer gemeinsamen Darstellung in Ölfarben und sigmantischen Pigmenten. Was sie abbilden wollten, war ein Glitzersturm. Von dem winzigen Luftrest aufgewirbelt, der dieser Welt geblieben war, hoben sich die feinen glimmerähnlichen Teilchen von der brutalen Masse einer Klippe hinter ihnen ab.

Wie kann er so fröhlich sein, nachdem das Schicksal ihn gestreift hat? Ich werde mir stündlich mehr der Schuld bewußt, die wir auf uns laden, gleichgültig, wie wir uns entscheiden. Dieses Bewußtsein läßt mir immer weniger Gelegenheit, seine Art Frau zu sein. Und er fühlt sich zurückgestoßen, weil ich mich nicht verstellen kann, und deshalb verläßt er mich vielleicht, sobald er einen Fuß auf die Erde setzt. Ob es so besser ist? Ich bete darum — und wie ich bete! —, daß er mich nicht verläßt.

Neben ihr im Bug setzte Wang die Filmkamera ab, die er sich von ihrer wissenschaftlichen Ausrüstung ausgeliehen hatte. »Ich muß von dieser Folge private Abzüge haben, wenn von nichts anderem, was ich aufgenommen habe«, sagte er. »Meine Tochter liebt Glühwürmchen.«

Neulich hat er mir zum erstenmal ihr Bild gezeigt. »Ich würde Ihre Tochter gern kennenlernen«, sagte Yvonne.

»Tun Sie das doch«. Es klang, als meinte er es ernst. »Wir werden uns geehrt fühlen, Sie in unserem Haus zu empfangen.«

Wirst du das? Nachdem mein Land eine oder zwei von von euren Städten zu Schlacke verbrannt hat, um zu beweisen, daß es alles zerschmelzen und versengen kann, das viertausend Jahre China uns gegeben haben, falls ihr seine Besatzungstruppen nicht ins Land laßt?

»Und ich hege die Hoffnung, daß wir zu gegebener Zeit den Besuch erwidern können«, sagte Wang. »Sie hat von Disneyland gehört.« Er seufzte. »Ich bin einmal dort gewesen und habe es leichtfertig gefunden. Aber das ist es ja auch, wofür unsere letzten zwei oder drei Generationen sich seit der Revolution abgemüht haben: Die durchschnittliche

Familie P'ing soll Zeit für den Reichtum der Kultur haben, für ihre Weiterentwicklung und, jawohl für ein wenig Frivolität.«

Wenn du nach zwei oder drei Generationen immer noch von Versprechungen lebst, wird sie es dann nicht auch tun? Du kannst sie doch nicht so einfach zu mir bringen, denn wenn du ins Ausland gehst, muß deine Familie als Geisel zurückbleiben. Wie kann ich es wagen, von Skip zu verlangen, daß eine solche Regierung nicht zur Sicherheit und um des reinen Überlebens willen ausgelöscht werden dürfe? Aber wie kann ich es andererseits wagen, zu behaupten, diese Regierung könne sich nicht weiterentwickeln, habe sich nicht schon weiterentwickelt, könne uns nie etwas anderes zum Geschenk machen als Cäsars schandbaren Frieden?

Würde denn ein solcher Friede halten? Rom hat sich selbst zerfleischt. Byzanz verkam.

Habe ich kein Vertrauen zu meinen Landsleuten? Was wäre, wenn wir Andy Almeida mitteilten, daß wir, daß Skip das Raumschiff fliegen kann? Läßt Andy dann Skip in Eisen legen, unter Drogen setzen und foltern, bis er ihm verrät, wie man das macht? Werden Andys Vorgesetzte das tun? Ich habe für Präsident Braverman gestimmt. Er sitzt in Thomas Jefferson's Haus. Aber Hitler hat ja auch im gemütlichen alten Bayern angefangen, oder? Was ist zu tun? Was soll man nur tun?

Die Anziehungskraft des Merkur verlieh ihnen etwas weniger Gewicht als die normale Beschleunigung des Schiffes. Doch es war, als könnte Yvonne bereits die Schwere der Erde auf sich lasten fühlen.

Man hatte die Zahlenangaben gelesen: Fotosphärendurchmesser 1 390 000 Kilometer, Masse 329 390 mal soviel wie die Erde, Energie-Abstrahlung gleich umgewandelte 560 000 000 Tonnen pro Sekunde, Protuberanzen mehr als 150 000 Kilometer hoch, Ausdehnung der Korona ein Mehrfaches davon, Reichweite des Sonnenwinds: fernste planetarische Umlaufbahn und darüber hinaus. Man hatte Fotos gesehen, astronomische Filmaufnahmen, Bildübertragungen von unbemannten Sonden. Es war interessant. Es war ein bißchen Klatsch über den guten alten Freund Sol, diesen ganz und gar gewöhnlichen gelben Zwergstern, von dem erwartet wurde, daß er die Welt zuverlässig auf weitere fünf Milliarden Jahre beleuchten werde. Man mußte sich natürlich in acht nehmen. Er war ungestüm. Er konnte einem das Lieblingsprogramm im Fernsehen durcheinanderbringen oder einem die Nase rot brennen. Wenn er wirklich ruppig wurde, konnte er einen töten, sofern man nicht aufpaßte. Aber im Herzen war er ein guter Bursche.

Dann fand man plötzlich heraus, daß all dies nichts mit dem zu tun hatte, das da vor einem flammte – gleichgültig, wie sehr man herunterschraubte und dämpfte und hemmte und Filter vorschaltete.

Sonnenwärts ab Merkur sah man zuerst einen unbeschreiblichen weißen Glanz, von Stürmen durchzogen, von einem riesigen, spitzenähnlichen Regen bemähnt, der wie eine Fontäne auswärts schoß und in verwickelten Kurven zurücksank, umgeben von einem Leuchten, das perlenhaft und perlmutthaft zwischen den Sternen schimmerte – es gibt keine Worte.

Aber man schoß näher heran, und es wuchs, es fraß den Himmel. Sein Brennen wurde alles, das es noch gab, Feuer brüllte ringsherum. Irgendwie drang ein Teil der Wut durch, und das Schiff hallte davon wider, es bellte und kreischte und pfiff und sang. Ein Klumpen aus Rot und Gelb und Grün und Höllenblau, der den Heimatplaneten einäschern konnte, kam auf einen zu. Man konnte nicht anders, man mußte die Augen schließen und sich die Ohren zuhalten, und der Strom raste vorbei, hüllte einen ein, sein Rumoren fraß sich einem ins Mark und füllte einen mit Angst ...

Und in solchen Stunden wollte er einen nicht im Arm halten, er schrie einen an, man solle sich in der Kabine verstekken, wenn einem die Schau nicht gefiele. Er war also böse auf einen geworden, man mußte beweisen, daß man kein Feigling war, und man blieb. Aber er und sein Freund wollten einen gar nicht dabei haben, sie rissen Linien auf, klatschten Farbklumpen auf Oberflächen, sie waren genau so wild wie das Ragnarök um sie her ...

Aber der steife graue Mann, der seine kleine Tochter

liebte, er war da, er ließ es zu, daß man sich an ihn klammerte und ließ einen die Berührung seiner Hände fühlen, und wenn der Lärm des Jüngsten Tages einen Moment lang abklang, wie die See vor einer Gezeitenwoge zurückweicht, dann sprach er mit einem ...

»Wir sind ganz sicher. Dieses Schiff ist hier schon gewesen. Sie haben nichts zu fürchten.«

»Ich weiß, ich weiß. Aber warum habe ich dann Angst?«

»Der Anblick, das Geräusch, die Tatsache, daß Sie sich inmitten einer letztmöglichen Wirklichkeit befinden ... sie wirken betäubend. Die Sinne werden überladen, und das bewußte Ich zieht sich zu seinem eigenen Schutz zurück. Diese beiden Künstler sind an die Aufnahme abnorm vieler Eindrücke gewöhnt. Sie sind dafür geboren. Und ich ... ich gebe zu, daß ich zurückschrecke, daß ich entmutigt bin. Aber das Leben hat mich unbeugsam gemacht; ich habe es gelernt, manches nicht an mich heranzulassen. Sie sind weder auf die eine noch auf die andere Weise abgeschirmt. Das ist nichts, dessen Sie sich schämen müßten, es geht vorbei. Sie sollten nur nicht hier sein und hinsehen.«

»Ich muß, ich muß.«

»Ich kann mir denken, warum. Und Sie sind in letzter Zeit voll innerer Angst, die Ihnen die Nerven zerfrißt. Auch das hat Ihre Abwehrkräfte gegen dieses Schauspiel geschwächt, das zugleich psychedelisch und furchteinflößend ist. Ich weiß nicht, weshalb Sie unglücklich sind, wenn alles gut für Sie verläuft ... für die ganze menschliche Rasse ...«

Ein Feuerball donnert vorbei. Man klammert sich an seinen einzigen Freund und plappert; es kommt nicht darauf an, was — man teilt mit ihm, was in einem ist.

Einen Moment lang ist er wie ein Eisenbarren. Nachher lockert er sich, tröstet weiter, bis das Schiff die Sonne umrundet hat und der Geliebte einen zurück in die Kabine bringen kann.

Sein Raum war so still, daß er hören konnte, wie seine Ohren immer noch von der Gewalttätigkeit klangen, die er überlebt hatte. Der Raum war auch leer, eine Schlafzelle und sonst nichts; außer daß er ihr Bild als einen kleinen Farbklecks inmitten der Kahlheit vor sich aufrecht hingestellt hatte. Seine Jacke stank nach Schweiß, war heiß und rauh und eng um seinen Hals. Er wollte sie ausziehen, waschen und nicht wieder anziehen; aber er tat es nicht.

Er feuchtete seinen Pinsel an, strich mit der Spitze über einen Tintenwürfel und schrieb, wobei er sich mit der Schönschrift ebensoviel Zeit nahm wie mit dem Inhalt:

Meine geliebte Tochter,

wenn Du dies liest, falls Du es je zu sehen bekommst, wirst Du eine junge Dame sein, schön, graziös und freigebig mit deinem Lachen, und überall wirst Du Dir eine Welt lieber Freunde erschaffen. Und ich werde tot sein, oder ich werde alt sein und noch mürrischer und weniger entgegenkommend als heute. Was werde ich dann mit Dir zu tun haben? Ich bin der Vati der kleinen P'ing, die keine andere Art des Willkommens für mich kennt, als meinen Daumen zu packen und in den Garten zu rennen und mich vielleicht eine riesengroße Tüte Liebe zu nennen. Aber was kann ich hoffen, einst für Fräulein Wang zu sein — außer der ehrenwerte Vater, der einst in der Vergangenheit etwas getan hat, woran man sich erinnert? Und das ist natürlich und recht so. Ich halte mich selbst auch für nicht viel mehr als ein Lasttier, das gewisse Bürden zu tragen hat, damit die neue Welt gebaut werden kann.

Bitte versteh: Ich fühle kein Selbstmitleid. Wenn ich die armen, hohlen Menschen des Westens sehe, die nichts haben, wofür sie leben können, dann weiß ich, welches Glück ich genieße. Wenn Du eigene Kinder hast, dann wirst Du verstehen. Trotz alledem — darf ich über die Zeit hinweg meine Hand ausstrecken und Dich für einen Moment berühren?

Wenn Du dies je lesen solltest, dann wirst Du auch die Berichte gelesen haben. Ich möchte, daß Du, und Du allein, weißt: Hinter den Platitüden war ein Mensch, der eigentlich gar nicht wirklich wußte, was er war, der aber Einsamkeit, Verwirrung, Furcht, Schwäche gekannt hat. Ich möchte, daß Du mich so kennst. Daher habe ich mir geschworen, diese Worte weder zu berichtigen noch zu vernichten, so unbeholfen sie auch sind; sondern sie Dir zu hinterlassen für den Tag, an dem Du großjährig bist.

Zu dieser Stunde ist es mein einziger Daseinszweck, daß Du solange lebst.

Heute haben wir die Hölle durchquert. Du wirst über unsere Reise gelesen haben. Es ist gut möglich, daß für Dich die Sonnenpassage alltäglich sein wird — etwas, das man Hand in Hand mit einem geliebten Menschen auf einem Linienfahrgastschiff zum Saturn erlebt. Aber ich habe die Hölle gesehen. Die Schöpfung ebenso, und dasjenige, was das erste törichte Schneeglöckchen zur Blüte ruft, bevor der Winter geendet hat.

Von panischem Schrecken betäubt, hat eine Person, der ich helfen wollte, zuviel gesagt. Ich glaube nicht, daß sie sich daran erinnert. Sie hat mir gesagt, daß jetzt die Imperialisten diese Macht haben, Dich zu vernichten. Ich hatte gehofft, . . . egal. Zweimal haben sie ihren feierlichen Eid gebrochen. Ein drittes Mal wird es nicht geben. Ich werde tun, was notwendig ist.

Das ist meine Pflicht der Menschheit gegenüber.

Mein ungeschicktes Geständnis, P'ing, ist: daß ich dies nur vorschütze; und daß, was ich tun werde, in Wirklichkeit das Geschenk meiner Liebe zu Dir ist.

Er überlegte, ob er mit »Vati« oder »Dein Vater« unterschreiben solle, entschied sich für die würdevollere Form, las sich die Seite durch, faltete sie zusammen und versiegelte sie. Dabei dachte er, und Übelkeit schnürte ihm die Kehle zusammen: *Gibt es auch nur den geringsten Zweifel daran, daß es meine Regierung war, die Yvonne Canter nach dem Leben getrachtet hat?*

Aus seinem Gepäck holte er die rückstoßfreie Magnum-Automatik; General Tschu hatte darauf bestanden, daß er sie mitbrachte. Tschu hatte recht gehabt.

Vielleicht würden sich Wayburn und die Canter dafür entscheiden, nichts zu tun und nichts zu sagen. Es war ein Risiko, das nicht eingegangen werden konnte. Tatsache war, daß sie ihm nichts gesagt *hatten.* Die einzige Sicherheit lag darin, daß Tschu keinen Grund hatte, das Feuer der Sonne auf Peking zu richten.

Wang überprüfte Magazin und Schußbereitschaft, steckte die Schußwaffe in ein Schulterholster unter seiner Jacke und ließ das Kleidungsstück halb offen, damit er schnell hineingreifen konnte. Er verwahrte den Brief unter seinen kärglichen Habseligkeiten und ging nach vorn, um die Situation zu erkunden.

13

»Verzeih mir, daß ich so hysterisch war.«

»Verzeih du mir, daß ich mich nicht um dich gekümmert habe. Vergessen wir's. Wir waren beide nicht ganz bei Sinnen.«

Ihre Körper sagten alles andere. Nachher suchten sie den Nahrungs-Apparat auf. »Programmiere Steak und Kartoffelchips«, verlangte Skip. »Wenn du außerdem was Exotisches willst, in Ordnung, aber ich brauche etwas Festes zwischen den Zähnen.«

Yvonnes Lachen war zärtlich. Sie machte die entsprechenden Handzeichen, besah sich die daraus entstandenen Schemazeichnungen und verfeinerte ihre Bestellungen entsprechend, bis sie auf das genaue Menü hinausliefen und die Herstellung beginnen konnte. (Säugetierfleisch, Typ Rind, 1,5 Kilogramm, Abmessungen ... Beschaffenheit ... Grad der Hitzeveränderung ... Temperatur ... Beigeschmack ...) Inzwischen zur Expertin geworden, erledigte sie die Aufgabe rasch, während ihre Gedanken wanderten.

»Nur noch ein paar kurze Tage«, sagte sie, »und wir sind zu Hause.«

»Hm. Wir gönnen uns lieber im voraus eine Menge Entspannung. Da unten wird alles ziemlich hektisch, für eine Weile. Natürlich, wenn wir ruppig sind, können wir uns wohl ein bißchen davor schützen, aber ... Oh, hallo, Professor.«

Yvonnes Haar kräuselte sich, als sie sich umwandte, um nachzusehen. »Guten Abend«, sagte sie. »Wollen Sie mit uns essen?«

Wang stand stocksteif da. Seine Lippen bewegten sich kaum. Nichts sonst in seinem Gesicht bewegte sich, außer einem Zucken im rechten Mundwinkel: »Fühlen Sie sich besser?«

»Sehr gut, danke. Ich habe nur zwei oder drei Stunden Ruhe und ... Erholung gebraucht und war wieder voll da.« Sie lächelte mit echter Wärme. »So gut wäre es mir ohne Sie vielleicht nicht gegangen.«

»Wo ist der Sigmant?« Wangs Ton war rauh und gespannt.

»Weiß nicht«, sagte Skip. »Hält wahrscheinlich seine Art von Schläfchen. Was Wichtiges?«

»Ja.« Wang machte eine Bewegung, als wolle er sich unter seiner Jacke kratzen. Die uncharakteristische Geste zog beider erstaunte Blicke auf sich. Dann war die Pistole heraus, und er sagte: »Heben Sie die Hände. Bewegen Sie sich nicht.«

»Was zum Teufel ...?« Skip griff nach dem Bund seiner kurzen Hosen. Yvonne stieß ein Kreischen aus.

»Nein!« brüllte Wang. »Stehen Sie still, oder ich töte Sie!«

Skip hob die Arme. Er hatte diese Art von Entschlossenheit schon einmal gesehen. Sein Herz pochte und flatterte zugleich, Schweiß brach ihm aus, seine Schärfe durchdrang die sanften, feuchten Düfte der sigmantischen Luft. Zu seiner Rechten hörte er Yvonnes stoßweisen Atem.

»Gut«, sagte Wang. »Nun hören Sie zu. Ich bin ein sicherer Schütze, und diese Pistole verreißt keinen Schuß. Im Magazin sind acht Kugeln, eine steckt in der Kammer; ich nehme an, Sie kennen den Typ. Sieben dieser Patronen sind magnumgeladen. Schon der hydrostatische Schock würde Sie beim Aufschlag töten. Die ersten beiden haben kleine Ladung. Sie würden Sie, Mister Wayburn, außer Gefecht setzen, indem sie zum Beispiel eine Kniescheibe zerschmettern; aber Sie wären immer noch imstande, meine Anordnungen auszuführen, Dr. Canter ist meine Geisel für Ihren Gehorsam.«

Skip dachte: *Bleib ruhig, bleib locker. Warte auf deine Chance, aber um alles in der Welt versuch keine Heldentaten. Hinter dieser eisernen Maske steht er dicht davor, Amok zu laufen. Sieh nur, wie der Schweiß auch aus ihm herausläuft!* Mit der Kraft seines Willens brachte er seine Lungen dazu, nicht mehr zu keuchen; seine Muskeln dazu, nicht mehr zu zittern und sich langsam zu entspannen. Er konnte nicht ganz das Zittern seiner Stimme unterdrücken: »Was wollen Sie?«

»Ich will dieses Schiff unter meine Kontrolle bringen«, sagte Wang. »Es ist Ihnen beigebracht worden, wie, und Sie haben es mir nicht mitgeteilt.«

»Hä? Ich ... niemals ...«

»Seien Sie still. In ihrem rasenden Zustand ist Dr. Canter mit der Wahrheit herausgeplatzt.«

»Nein!« Yvonnes Schrei kam, als werde sie gepeitscht. Sie sank in die Knie und hob die Hände, um ihr wildes Weinen zu verdecken.

»Machen Sie sich keine allzu großen Vorwürfe«, ging Wangs Rede in ausdruckslosem Ton weiter. »Machen Sie die Vorwürfe mir, weil ich die Situation ausgenutzt habe. Machen Sie Ihre Vorwürfe dem Sigmanten, der Lebewesen, deren psychische Reaktion auf außergewöhnlichen Druck er nicht kannte, rücksichtslos solchem Druck ausgesetzt hat. Machen Sie Ihrem Geliebten Vorwürfe, weil er Sie im Stich gelassen hat, als Sie ihn am meisten brauchten. Zu allererst und immer: Machen Sie Ihre Vorwürfe den Faschisten, die nicht Wort gehalten haben. Ihretwegen kann ich Ihnen nicht länger trauen. Es steht zu vieles auf dem Spiel; Vertrauen zu jedem außer den Führern meines Landes wird zum Verrat an der Menschheit.«

»Sie Schwachkopf«, sagte Skip. Die Selbstbeherrschung, die jetzt durch seine Worte klang, überraschte ihn selbst ein wenig. »Sie sind angeblich Wortbedeutungswissenschaftler. Wie können Sie glauben, daß ein Schimpfwort wie ›Faschist‹ noch etwas bedeutet, oder daß sein Gebrauch etwas aus der Welt schafft? Hat Vonny Ihnen denn etwa gesagt, daß ich Sie nicht einweihen wollte?« *Oder hat sie die Wahrheit gesagt, daß ich mich immer noch nicht entschieden habe?*

Wangs eintönige Sprechweise war schrecklich zu hören: »Nein, es ist ihr nur entschlüpft, daß Sie die Kenntnis besitzen. Die Tatsache, daß Sie mir gegenüber geschwiegen haben, spricht für sich. Sie mögen von Natur aus ein Mann guten Willens sein. Ich glaube eigentlich, daß Sie das sind. Aber ich darf nicht von dieser Annahme ausgehen. Die einzigen Gedanken, die ich lesen kann, sind meine eigenen.

Außerdem, wenn man Sie dies gelehrt hat, dann wird man, bald nachdem wir die Erde erreichen, auch andere darin unterweisen. Wer ist der erste, und was wird er tun? Ich habe nicht vor, mit dem Leben mehrerer Milliarden Menschen zu spielen. Ihr Schicksal wiegt schwerer als das Ihre, als Ahasverus' und das meine; soviel schwerer, wie die Zahl es sagt. Wir werden keine Zeit mehr verlieren. Führen Sie mich in den Kontrollraum.«

»Es ist besser, wenn wir gehorchen, Süßes«, sagte Skip zu der kauernden, weinenden Frau. Sie schien es nicht zu hören.

»Helfen Sie ihr auf die Beine«, verlangte Wang. »Halten Sie Ihre Hände so, daß ich sie immer sehen kann. Ich habe Sie bei Ihren Übungen beobachtet und kenne Ihre Fähigkeiten.«

Skip zog Yvonne hoch. »Komm mit, Spatz.« Sie klammerte sich bei ihm an und jammerte vor sich hin. Er biß sich auf die Lippe und schlug sie schmerzhaft mit der flachen Hand auf den Rücken. Sie würgte, dann machte sie sich frei und schlurfte neben ihm her, der gähnenden Pistolenmündung voraus.

»Es wird Ihnen nichts Unnötiges zugefügt werden«, sagte Wang. »Ich werde sie dazu veranlassen, Sie zu fesseln, werde ihr dann selbst Fesseln anlegen und Ihre überprüfen. Auf dem Weg zur Erde werde ich für Sie sorgen. Bei unserer Ankunft werde ich die Welt davon in Kenntnis setzen, daß es uns gut geht, daß wir aber noch verschiedene Stunden ungestört bleiben müssen, bis einige Vorbereitungen getroffen sind. Nicht, daß irgendein Raumschiff von der Erde vorher abheben und den Rendezvous-Punkt erreichen könnte. Sie werden entdeckt haben, daß wir kommen, aber ich bringe uns in eine unerwartete Polar-Umlaufbahn. Wir fliegen mit einem Zubringer nach Peking. Ich bringe Männer zurück und zeige, wie das unverwundbare Kraftfeld errichtet und das Schiff gesteuert wird. Dann ist alles gut, und Sie können wahrscheinlich in Ihr Land entlassen werden. Falls nichts sonst, dann sichert Ihnen mein Einfluß günstige Behandlung.«

Die Korridore wanden und schlangen sich ineinander, von seltsamen Wandgemälden mit Leben erfüllt. Blätter und

Blüten streiften die Haut und boten Grüße aus strahlendem Duft. Das Deck federte unter den bloßen Füßen. Ein Geräusch wie ein Gong rauschte durch die feuchtwarme Luft.

»Und was macht der Sigmant inzwischen?« fragte Skip.

»Das kommt auf die Umstände an«, sagte Wang. »Was auch geschieht, es geschieht ebenso für seine Rasse. Wenn Mensch und Sigmant wieder aufeinandertreffen, muß der Mensch friedlich sein. Dazu müssen wir ihn erst von seinen Dämonen befreien.«

»Skip«, flüsterte Yvonne, »oh, Skip, was kann ich sagen? Was kann ich tun?«

»Nichts«, erwiderte er. »Dich trifft wirklich keine Schuld. Ich liebe dich.«

Sie erreichten den Kommandoraum. Skip hatte erwogen, Wang kreuz und quer durch Gänge zu führen und dabei zu »verlieren«. Aber die ungefähre Lage des Raumes war immer einigermaßen klar gewesen. Das Schott erhob sich kahl und schmucklos, bis auf einige darin eingelassene Fotolinsen und herausstehende Kraftprojektormündungen.

»Lassen Sie mich genau sehen, was Sie tun«, befahl Wang. Und das Schlimmste war, daß hier die Öffnungsbewegungen nicht so fein ineinander übergingen wie beim Herausfingern eines Abendessens. Für einen Menschen – Ahasverus hatte zweifellos einige Anpassungen vorgenommen – bestanden sie aus einem halben Dutzend Schwenkbewegungen.

Der Eingang zog sich auseinander. Schwärze lag dahinter. »Dr. Canter geht zuerst«, sagte Wang. Als sie eintrat, leuchtete ihr Körper weiß auf. Der Widerschein zeigte ihnen, was vor ihnen lag: eine kugelförmige Kammer mit einem Durchmesser von etwa fünf Metern, die von einem durchsichtigen Deck zweigeteilt wurde; aus dem Deck stieg eine Reihe von Haltestäben auf. Am anderen Ende stand eine Aufreihung der nichtssagenden Kästen, die die Kontrollen beherbergten. »Jetzt Sie, Mister Wayburn«, sagte Wang. »Gehen Sie an Dr. Canter vorbei zu jenen Instrumenten. Sie wird in meiner Nähe bleiben.«

Das Schott schloß sich hinter ihnen, und sie standen von einem Abbild des Himmels umgeben. Dies war ein Ort, den seine Erbauer auf den Nutzeffekt ausgerichtet hatten; restlos naturgetreue Nachbildung war nicht beabsichtigt. Die Induktionsbeleuchtung durch Fleisch und Kleidungsstücke hätte ohnehin gestört. Sie sahen die hellsten und die nächstgelegenen Sterne, obgleich die meisten der nächstgelegenen für das nackte Auge unsichtbar waren. Sie sahen die Sonnenscheibe und die schönen blauen und goldenen Zwillingsgefährten, die die Erde und Luna waren; und den nachfolgenden Antriebsflugkörper. Die Geräusche, die überall sonst durchdrangen, kamen nicht hierher.

Wang stellte sich neben den Eingang. »Bleiben Sie vor mir stehen, Dr. Canter«, sagte er. »In ungefähr zwei Metern Abstand – versperren Sie mir nicht die Sicht – ja, dort. Mister Wayburn, es hat geheißen, daß das Schiff ähnlich wie die Boote betrieben wird. Aber ich möchte eine Vorführung sehen, von einer laufenden Erläuterung dessen begleitet, was Sie jeweils tun.«

»Das wird Ahasverus alarmieren«, sagte Skip.

Wang nickte. »Ich weiß. Glauben Sie nicht, daß Sie mich mit einem unangekündigten Beschleunigungsschub umwerfen. Ich habe Ch'an-Ausbildung. Ferner bin ich daran gewöhnt, unter den unbeholfenen und häufig wechselnden Bedingungen der Erd-Kosmonauten zu reisen; und vergessen Sie nie, daß Dr. Canters Leben von Ihnen abhängt.«

Skip zog eine Grimasse. *Ich kann nicht umhin, die Kontrollen zu entsperren; und sobald er das gesehen hat, kann er sich den Rest allein zusammenreimen. Vielleicht liegt die Zukunft tatsächlich bei der Volksrepublik.* Er deutete. »Das schaltet die Automatik aus. Wenn man das Zeichen wiederholt, wird sie wieder eingeschaltet.«

»Ich verstehe. Gut. Lassen Sie mich nachdenken ... Ja.« Wangs linke Hand schloß sich in Erwartung des freien Falls um einen Stab. »Nehmen Sie Kurs auf den Mars. Das müßte mir ein Bild von den Grundzügen verschaffen.«

Skip hakte ein Bein um einen waagerechten Stab vor ihm und machte ein Zeichen, das Instrumentenkontrollen sichtbar werden ließ. Die Symbole, die frei in der Luft schwebten, waren leicht zu lesen. Er steuerte das Schiff, wie ihm geheißen war, und erklärte dabei jeden Schritt. *Keine Heldentaten. Nichts, das ihn ärgert und ihr den Tod bringt. Und übrigens mir den Tod bringt ... Ich nehme an, die Volksre-*

publik läßt uns in einer Art von ständigem Hausarrest am Leben. Wieso auch nicht? Aber geliebte ausgeflippte Freunde, was wird aus euch? Aus Urania, ihren Jungen, Rog Neal, Dan Keough, aus den Wikingern, die für ihre Wanderungen die breiten Meere der Erde hatten ... Und mehr, immer mehr – es waren Hunderte, denen er begegnet war, Tausende, denen er nicht begegnet war, in denen die Hoffnung auf etwas Neues lag, nicht die Hoffnung auf Wiederkehr jenes allmächtigen Gottkönigs, den Wang Li für einen Fortschritt hielt ... Ja, und seine Eltern, Brüder, Schwestern, Vonnys Verwandte, die Almeidas, Tewlis, Kurland, mehr und mehr von ihrer Art auch – was sollte aus ihnen werden?

Inzwischen schwenkte er das Schiff herum. Der Wechsel ging glatt vonstatten. Eine kurze Zeit der Gewichtslosigkeit, von leichter Zentrifugalkraft abgesehen, wurde von der Wiederherstellung linearer Beschleunigung gefolgt. Schon lag vor ihnen jener Planet, der nach dem Kriegsgott benannt war. Dennoch würde der Sigmant es bemerken und nach hinten kommen.

»Wie soll ich das Ahasvernus erklären?« fragte Skip.

Es jagte ihm einen Schauder den Rücken hinunter, daß der Schweiß, der von Wangs Gesicht perlte und seine Jacke durchtränkte, ebenfalls weiß leuchtete. »Vielleicht kann Dr. Canter dabei helfen«, sagte der Chinese.

»Ich weiß nicht«, erwiderte sie kaum hörbar. »Vielleicht, wenn wir nach vorn zu dem Synthetisierer gehen könnten ...«

»Genau das sollten wir tun, das laßt euch flüstern!« sagte Skip.

»Nein!« schrie Wang. »Wie kann ich wissen, was Sie ihm sagen?« Er schluckte, und seine Stimme war wieder monoton: »Wir müssen ein Verhaltensmuster ausarbeiten, das mich dagegen sichert, die Oberhand zu verlieren. Nicht unähnlich dem Abschreckungsgrundsatz der ersten Raketenzeit ...«

Das Schott ging auf. Ahasverus kam herein. Alle vier Augen waren herausgestreckt. Die Klauen klickten. Die Schuppen glühten zwischen den Sternen, von denen er gekommen war.

Wang eröffnete das Feuer.

Das Krachen prallte gegen die Trommelfelle. Zwei Geschosse von geringer Masse und geringer Geschwindigkeit rüttelten den Sigmanten. Wang wich zu dem Schott zurück, wo er das Abbild des Jungfrau-Sternbildes verdeckte, und feuerte die erste der Magnum-Patronen.

Das Geschoß krachte splitternd durch den Panzer, hinein zwischen die nackten Zellen. Säfte spritzten. Ahasverus wurde über den Haufen geworfen. Er heulte auf, sammelte sich und kroch vorwärts. Wang schoß und schoß. Jedes Geschoß sprengte mehr von dem Erschaffer schöner Dinge fort. Zwischen den Schüssen winkte Wang warnend mit der Mündung zu seinen Gefangenen hinüber. Yvonne klammerte sich an eine Haltestange und schrie, als wollte sie nie mehr aufhören zu schreien. Skip drehte der grausamen Szene den Rücken.

Nach dem fünften schweren Einschlag konnte der Sigmant nicht weiter. Sein tief verankertes Leben war fast aus ihm gewichen; es breitete sich in phosphoreszierender Nässe auf dem Deck aus. Er hob eine Klaue und hieb damit bogenförmig nach vorn. Ein Klumpen dicker Verdauungsflüssigkeit segelte an der Milchstraße vorbei. Er traf Wang an der Brust und fraß sich durch den Stoff und weiter einwärts. Ahasverus brach mit einem Rasseln und einem Seufzer zusammen und lag still.

Wang wimmerte vor Schmerzen. Aber seine Pistole blieb, wenn sie auch wankte, in seinem Griff. »Ich habe . . . noch drei Kugeln«, sagte er durch zusammengebissene Zähne. Er riß die Jacke auf, obgleich die Säuren Fleisch von den Fingern seiner linken Hand schälten, und schüttelte sie sich von diesem Arm. Mit dem wattierten Ärmel wischte er das Geschwür, das auf seiner Brust klaffte.

»Ich werde am Leben bleiben«, sagte er. »Die . . . Wunde ist nicht tödlich. Die Säurelösung scheint . . . aufgebraucht zu sein.«

Skip näherte sich ihm, Schritt um Schritt. »Da lassen Sie mich lieber einen Blick drauf werfen«, sagte er. Yvonne stolperte zu ihm hin. Er umarmte sie und flüsterte etwas in ihr Ohr. Schaudernd erlangte sie die Beherrschung über sich selbst zurück.

»Nein«, sagte Wang. »Sie werden nicht ... näher kommen.«

»Da-dann ich«, stammelte Yvonne. »Ich will Ihnen helfen.« Sie ballte die Fäuste, holte Atem und sprach weiter: »Wenn Sie merken, daß Sie bewußtlos werden — dann töten Sie uns, nicht wahr? Lassen Sie mich sehen, was ich tun kann, um Sie bei B-b-bewußtsein zu halten. Ich bin eine Frau, ich habe keine Kampfausbildung, ich könnte Sie gar nicht festhalten, Sie würden mich wegschleudern und ...«

»... und schußbereit sein.« Wang keuchte von der Flamme, die in ihm war. »Ich bin ... nicht geschwächt, Wayburn, nicht langsamer ... nicht soviel langsamer. Vielleicht erreichen Sie mich. Sie könnten nicht schnell genug an meine Waffe kommen ... um sich zu retten.«

»Stimmt«, sagte Skip.

Yvonne ging auf die Pistole zu. Sie nahm Wangs Jacke mit Fingerspitzen beim Kragen. Er zielte mit der Mündung um sie herum. »Ich muß damit«, sagte er, »zur linken Hand überwechseln. Bevor Sie mir den rechten Ärmel ausziehen können.«

»Ja«, sagte sie.

Sie warf mit der gleichen Bewegung, mit der sie sich fallen ließ, beide Arme um sein Handgelenk. Die Pistole dröhnte; ein Geschoß prallte von dem Deck und von dem sternübersäten Schott ab. Er schleuderte sie beiseite. Skip war zu ihm hingesprungen. Wang hob seine Pistole. Wenn Skip ihn packte, bekam Skip eine Kugel in den Hinterkopf.

Das Messer war schon herausgezogen, seit Wang den Sigmanten ermordet hatte. Als er sprang, zog er es jetzt aus der Rückseite des Hosenbundes, wohin er es lose gesteckt hatte. Die Spitze fuhr in Wangs Kehle, die Schneide schnitt sie durch.

Blut spritzte über beide Männer und Yvonne. Wang fiel hin. Es war ihnen, als hörten sie ein Geräusch von ihm wie »P'ing ...« Danach gab es nur ein kurzes Blubbern; und Stille; und das Blut des Menschen und des Sigmanten, die auf dem Deck zusammenflossen und die Sicht auf das Kreuz des Südens versperrten.

14

Sie hatten ihre Toten in die Nähe des Schiffsausganges gebettet, in dem Raum, in dem die beiden sich zuerst begegnet waren. Yvonne, die sich an Skips Arm drückte, sagte unter Tränen: »Wir können sie doch nicht einfach hinauswerfen.«

»Oder Ahasverus zum Sezieren ausliefern«, stimmte er zu. »Sie verdienen eine Andacht. Ja.«

»Können wir denn eine abhalten? Ich meine ... weißt du, wie? Ganz egal, welcher Glaube, welche Überlieferung? Ich weiß nichts. Ein paar Bruchstückchen aus dem Kaddisch, aus der christlichen Zeremonie, die ich undeutlich von Begräbnissen in Erinnerung habe ... und da weder sie noch wir daran glaubten ... Was können wir bieten außer aufgeblasenen, tönenden Sätzen?« Sie starrte vor sich hin. »Nichts. In uns ist es leerer als da draußen.«

»Ich glaube, der Wegegruß hätte ihnen gefallen.«

»Was?« Sie warf ihm einen verschwommenen, verwirrten Blick zu.

»So begraben meine Leute einen Freund. Keiner weiß, wer die Worte geschrieben hat, aber die meisten von uns haben sie sich eingeprägt. ›Wegewanderer, lebe wohl. Für das Geschenk deiner Liebe danken wir dir; und dein Geschenk soll uns teuer sein auf jeder Straße, die wir wandern, und zwischen uns leben in jedem Lager, in das wir gemeinsam kommen, und zurückgegeben werden, wenn wir gleichfalls in deine Stille eintreten. Bis dann werden wir uns des Himmels freuen, des Windes und des Wetters, des Wassers und des weiten Landes, in deinem Namen und zu deiner Erinnerung ...‹« Skip verstummte. »Es geht noch kurz weiter, sagte er dann scheu, »und wir haben eine besondere Art, Wildblumen niederzulegen, oder was sonst gefunden werden kann; und noch ein paar solche Bräuche. Meinst du nicht, daß das angebracht wäre?«

»Oh, ja«, sagte sie, und er konnte fühlen, wie ihr Elend leichter wurde. »Wir können sie zu uns nehmen, als hätten sie immer dazu gehört ... Unter den Ausgeflippten ist unsere Hoffnung.«

Sie standen auf der Beobachtungsbrücke und sahen, wie die

Erde näher kam. Sie schimmerte in kühlem Blau inmitten der Nacht und ihrer Sterne. Wolken wirbelten weiß, wo Regen entlangstrich. Von einem Ozean leuchtete ein einziger weißglühender Punkt Sonnenlicht herauf. Auf der anderen Seite lag ihr Mond, narbig und leblos, als habe er vor langer Zeit den Zorn von Bomben gefühlt. Aber jetzt waren Menschen dort, und in einigen ihrer Unterkünfte wuchsen Rosen.

»Ahasverus hat die Erde geliebt«, sagte Skip.

»Wang Li auch«, antwortete Yvonne.

Er nickte. »Wir werden sehen, ob wir sie bewahren können.« Und dann: »Nein. Das hätte ich nicht sagen sollen. Die Erde hat schon viel zu viele Retter und Bewacher gehabt.«

Deretwegen, war sein Gedanke, *zwei, mit denen wir gereist sind, sich auf geradem Kurs in die Sonne befinden.*

Aber die Trauer war abgeklungen, wie es sein mußte und richtig war — in jenen Tagen, die er und Yvonne der Reise hinzugefügt hatten, um sich klarzuwerden, was sie tun wollten; und um sicherzugehen, daß sie mit dem Schiff umgehen konnten.

Der Raum war still. Sie hatten den murmelnden Geräusch-Hintergrund abgeschaltet, der sie an zu vieles erinnerte. Nach und nach würden sie lernen, das Schiff von der Erde singen zu lassen. Die Atmosphäre blieb dick, warm, feucht und von Düften durchzogen, denn sie wollten nicht Gefahr laufen, ihre Gärten zu zerstören. Aber sie hatten vor, die Pflanzen in besondere Räume zu bringen und im größten Teil des Schiffes eine Atmosphäre entstehen zu lassen, die für sie und vertrautere Blüten geeigneter war.

»Bist du denn sicher, daß es uns gelingt, die Ereignisse so gut zu lenken?« hatte sie ihn gefragt, als sie sich zum erstenmal über die Zukunft unterhalten hatten.

»Nein«, sagte er. »Ich bezweifle es sogar. Aber ich bin sicher, daß wir ein Ende des gierigen Schnappens und Reißens gesehen haben, um diese Macht, die eigentlich nur . . .«

». . . zur Erweiterung des Denkens bestimmt sein darf?«

»Richtig.« Er fuhr sich durch das Haar, während er vor ihr auf- und abging. »Das Schiff gehört uns. Dir und mir. Wir werden es nie den Normalen geben. Die haben ihre Chance gehabt und bewiesen, daß sie dafür nicht geeignet sind. Jetzt sollen sie mal ruhig Männchen machen und pfeifen. Wir sind unberührbar. Wenn es notwendig wird, fliegen wir nach draußen. Ich weiß von einem oder zwei Planeten, auf denen wir siedeln könnten. Aber ich schätze, wir bleiben lieber. Und ich habe einigermaßen Hoffnung, daß wir mit denen da unten ein Geschäft machen können. Sogar eins, das uns Besuche auf der Erde erlaubt, gegen Repressalien immun. Vergiß nicht, wir sind auch in einem Zubringer nicht zu fangen. Und wir haben eine Menge, womit wir schachern können; zum Beispiel können wir Fährdienste für Wissenschaftler leisten. Natürlich halten wir unsere Leute besser immer in der Mehrheit, hier an Bord.«

»Was für Leute?«

»Ausgeflippte. Solche, die ich persönlich kenne, die richtige Art. Sanfte Abenteurer, die kein Interesse daran haben, anderer Menschen Leben zu lenken.« Er blieb stehen, drückte mit seinen Händen ihre Schulter und lächelte auf sie herunter, wo sie saß. »Vielleicht liest du auch ein paar Normale auf, die so sind wie du. Wichtig ist, daß sie keine mehr sind, nachdem sie bei uns angeheuert haben.«

Das Gespräch hatte in ihrer gemeinsamen Kabine stattgefunden, also hatte er seine weit ausholenden Handbewegungen gegen leere Wände geführt. Aber er meinte den Kosmos jenseits dieser Wände.

Sie glühte von einer Vision. »Und *wir* werden den Frieden bewahren«, sagte sie.

»Nein!« erwiderte er. »Merkst du nicht, mein Liebes, daß das der ganze Ärger war? Daß manche Leute Macht über andere haben, oder daß sie Angst haben, andere könnten diese Macht wollen? Ahasverus ist doch nicht hergekommen, um den Menschen noch ein Joch ums Genick zu legen.«

»Ich muß deine Art zu denken erst lernen«, sagte sie demütig. »Mir kommt es unmöglich vor, daß nicht irgend jemand eines Tages, wenn es uns nicht mehr gibt, die Stärke einsetzen wird, die dann ihm gehört – für die höchsten Ziele, mit den besten Absichten . . .«

Sein Eifer verging. »Dieses Risiko können wir nicht umgehen. Ich hatte gehofft, daß die Rasse bis dahin zu weit verbreitet wäre, um noch von einzelnen beherrschbar zu sein. Aber je mehr ich darüber nachdenke, dieses Schiff innerhalb von tausend Jahren nachzubauen, desto verrückter sieht die Idee aus.«

Sie sprang hoch und umarmte ihn. »Aber das ist sie ja gar nicht, Liebster. Ich bin dumm gewesen. Es hätte mir sofort klar sein müssen, wenn man bedenkt, wie viele Technologen mir über den Weg gelaufen sind. Hör zu: In der Natur gibt es keine Geheimnisse. Die Frage lautet einfach – kann eine Arbeit getan werden oder nicht? Wenn die wissen, daß sie zu schaffen ist, genügt ihnen das schon als Hinweis. Die finden einen Weg. Und glaubst du nicht, daß sie alles reinstecken werden, was sie auf der Erde haben – wo wir hier oben sind und unser bloßer Anblick sie anstachelt. Wir können ja auch vertrauenswürdige Wissenschaftler hier Studien machen lassen. Skip, du wettest doch gern. Würdest du darauf wetten, daß wir nicht lange genug leben, um das erste menschliche Sternenfahrzeug – primitiv vielleicht, aber gewiß ein Sternenfahrzeug – nach Sigma Draconis starten zu sehen?«

Er hatte ein kleines, unsicheres Lachen ausgestoßen. »Nein. Die Wahrscheinlichkeit spräche zu sehr gegen mich.« Und dann wieder gelassen: »Außer, der Einsatz ist so, daß es mir nichts ausmacht, zu verlieren?«

Jetzt sprach sie laut, als könnten die Menschen der Erde sie bereits hören: »Ihr bekommt eure Chance. Ihr werdet tausend Wege gehen, und hundert davon werden neu und gut sein, weil wir die Weisheit besitzen, zu erkennen, daß niemand die Weisheit besitzt, der ganzen Welt zu sagen, was sie tun soll.«

»Ach, nicht doch«, sagte Skip. »Setz ihnen keine Predigt vor. Was mich angeht, ich erhebe keinen Anspruch auf eine edle Seele. Ich stell mir nur vor, daß ich den Rest meines Lebens zwischen den Planeten und vielleicht zwischen den Sternen verbringe und mir das unheimlich Spaß macht.«

Yvonne wurde rot. »Das war lehrhaft, was? Ich habe immer noch nicht richtig gelernt, nur ich selbst zu sein. Zeigst du's mir noch ein bißchen?«

Er drückte sie an sich, zwischen der Erde und den Magellanschen Wolken. »Weißt du«, sagte er, »dieses Problem, das wir da hatten, wie wir zusammen bleiben könnten – dafür haben wir keine Lösung gefunden, und wir finden auch nie eine. Wir brauchen's nicht mehr.«

Eine Weile später sagte er: »Ich will mal besser nach hinten gehen und uns in die Umlaufbahn bringen. Denk daran, trotz meiner Meckerei nehme ich dich beim Wort: Du verfaßt unsere Botschaft an die Menschheit.«